深院大宅

[韩] 金源一◎著　金泰成◎译

中国社会科学出版社

本书由韩国文学翻译院资助出版

图书在版编目（CIP）数据

深院大宅/（韩）金源一著；金泰成译．—北京：中国社会科学出版社，2009.11

ISBN 978-7-5004-8004-4

Ⅰ．深…　Ⅱ．①金…②金…　Ⅲ．自传体小说—韩国—现代
Ⅳ．I312.645

中国版本图书馆 CIP 数据核字（2009）第 117894 号

版权贸易合同登记号　图字:01-2009-6378 号

마당깊은 집

펴낸곳＿(주)문학과지성사

© 김원일 1998

责任编辑　门小薇（xv_men@126.com）
特约编辑　纪　宏
责任校对　李小冰
责任印制　戴　宽
封面设计　李尘工作室

出版发行　中国社会科学出版社
社　　址　北京鼓楼西大街甲 158 号　　邮　编　100720
电　　话　010-84029450（邮购）　　传　真　010-84017153
网　　址　http://www.csspw.cn
经　　销　新华书店
印　　刷　新魏印刷厂　　装　订　广增装订厂
版　　次　2009 年 11 月第 1 版　　印　次　2009 年 11 月第 1 次印刷
开　　本　880×1230　1/32
印　　张　8.125
字　　数　162 千字
定　　价　18.00 元

前言

战争的帷幕已然落下的一九五四年，在所有人都艰难生活的时代，我们一家五口人，同样在租住的一个单间房里度过了那个艰辛岁月。在大邱，我们的确曾经在“深院大宅”的下房里生活，因战争而成了寡妇的母亲是刚毅耿直的女中豪杰，靠做针线活养活了我们姐弟四个人。而作为长子的我是在母亲的严厉训育中成长的。本小说的很多部分是自传性的。但是，小说中的几户难民并没有生活在一起。我家在大邱市中心区住过五六处出租房，我将搬迁过程中遇见的难民硬塞进了一个宅院里。当时，我国的百姓大都一日三餐难以为继，不过如今回顾起“深院大宅”时代，不仅仅是我们一家人，那些贫困的邻居们都宛如刚刚挺过了早春旷野严冬中的麦子，让人感到既怜悯又新鲜。因此，我回想着那些邻居，将贫困不是当作走向绝望之路，而是走向希望之路，将庭院较深的家描绘成蕴含着在鄙陋的人生中所幻想的，某一刻变成山冈上的房屋，从而更接近天空的梦想之家。

在岁月变迁了的今天，也许无家可归的贫困人们依然企望实现那样的梦想，在艰辛地克服今日之悲伤和疲惫而努力地生活着。

金源一

2002 年 11 月

第一章

我在故乡的市场街客栈一边当杂役一边读书，艰难地读完了小学。我刚一毕业，仙礼姐姐就来接我了。我跟随姐姐坐上了开往大邱的列车。当时，也许有严重晕车的缘故，不过我萎靡不振的处境的确犹如被卖掉的马驹。不知为什么，将要和母亲在一起生活的未来的日子让我感觉可能会十分黯淡。那是在三年战争①结束后，也就是停战后的第二年，即一九五四年的四月下旬。战争爆发的那一年冬天，我就离开家了，因此，我是三年后才得以和一家人同吃一口锅里的饭了。大邱市对于我来说是个陌生的城市。我跟随姐姐从进永到大邱时，已经是中学开学之后了。

我们的家位居壮观洞，壮观洞相当于大邱市中心，内有药典巷和中国人聚居的钟路街。不，不是我们的家，是我们

① 朝鲜战争，1950 年6 月25 日爆发，1953 年7 月27 日签订停战协定，历时三年结束。韩国通常称其为“六二五”战争。——译注

家支付月租生活的、壮观洞的某个韩式房屋的下房的一间房。壮观洞是一个不大的洞，门牌号只排到大约二百五十号，顺着只能通行手推车的狭窄而弯弯曲曲的南北走向的胡同走上大约三百米，两头就和别的洞划开了洞界。胡同边有一条露天排水沟，除了寒冷的冬季，总是散发出酸腐的味道，而到了夏天，那里就涌动粉红色的孑孓群。被切成菱形块儿状的壮观洞四周被铺装的大邱市干线道路所包围。

一条南北走向的长长的胡同略微倾斜地贯穿壮观洞，由药典巷通往钟路，我家租住的房屋就在这条胡同的中部。壮观洞里大多是历经日本殖民统治时期改建的面积约有三四十坪①的低矮的“匚”字型瓦房。而我家租住的房屋是壮观洞都少见的，房间很多，是宽敞的权贵之宅中的一个。

大约自我小学毕业后来到大邱时开始，直到六十年代中期，我在江原道杨口的最前线作为陆军士兵期满退役，我们一家有如松鼠在笼子里打转，一直在壮观洞周围搬来搬去。当然，我们家一直都未能摆脱租房住的命运。直到一九六六年，我们在壮观洞拥有了第一个以妈妈名字登记的自己的房子——紧邻尚书女子商业学校围墙（我到大邱时，校舍被军队征用后，庆北高中将那个建筑当做临时校舍使用），我们在那一带租住过的房就有九处之多。住得时间短的不足一年，长的将近三年。因此，为了将我到大邱时居住的房屋与其他

① 一坪约三点三平方米。——译注

租住房区别开来，我们家的人在说到那个宽敞的宅院时，总是称作“深院大宅”。每当谈及苦难的过去岁月时，照例常常说“在那个深院大宅生活的时候……”我到大邱的前一年夏天，多亏同住在壮观洞的姨妈认识房东大婶，才比较容易地租下那个深院大宅的房屋。当时，刚好有从汉城①避难来的一家人，在漫长的三年战争落下帷幕，南北方签订了停战协定后，立即回京城去寻找他们自己的房子，而腾出了那个出租房。

停战了，年头更替了，不过直到那时，大邱市内依然驻扎着第二军司令部、军队总医院、美国第八军司令部，此外，还有尚未返回首都的陆军总部，依附于军队的各种企业和军需工厂，以及供货商。因此，由战争带来的军需十分景气。市中心的中央大街、香村洞、松竹剧场那一带，到处是西服革履、穿洋装和高跟尖头皮鞋的年轻姑娘，而身着军装的朝鲜军人和美国军人随处可见。另一方面，逃难者、失业者、杂货商、脚夫、乞丐、擦皮鞋的，犹如随脚便能碰上的石子儿散布在城市各个角落。按当时的说法，有背景的富裕阶层好吃好喝，花钱如流水；无依无靠又一无所有的平民甚至用面疙瘩填肚皮都难以为继。因为战争后纷至沓来的逃难者，规模扩大了数十倍的被俗称为“洋鬼子市场”的校洞市场里，各种各样的舶来品无所不有；而在七星市场之类的面向

① 汉城，韩国首都，2005 年改称首尔。——译注

平民的市场里，为生存而争吵不休，混杂着各种方言土语。越是有战争后遗症的人心险恶的世道，两极分化的现象自然越是显著，在钟路大街一带，以及德山洞后巷里的酒楼，夜夜都是不夜城，歌声和长鼓声声声不息。妈妈给出入于那类酒楼的妓女们做朝鲜衣裙，靠做针线活的工钱勉强解决全家的一日三餐。

我到大邱时，仙礼姐姐正在读初中三年级。胆怯的只是闪动大眼睛的，显得有点呆头呆脑的吉中刚刚上小学。战争爆发那一年四月出生的，不要说奶，就连米汤都未得吃好的，长得枯瘦如柴的小弟弟吉秀，已经五岁了还流着清鼻涕到处跑。那小子怎么看都够呛，正如偶尔来故乡看望我的妈妈所叹息的，我也有同感，吉秀的健康的确有问题。他的斜眼还没有矫正过来，胳臂腿瘦骨嶙峋，走起路来还是罗圈腿。和同龄孩子相比，他话说不利落，又有些愚钝。

“咱们家现在总算能凑合着吃三顿饭了，所以，我把你叫到大邱来啦。吉男啊，如果继续把你留在进永，你自己糊口，也许怎么都能解决，可是在那个乡下，除了当小雇工或者小商小贩，还能成啥呢？不管怎么说，你是这个家的长子呀。只上了小学，你将来能干啥呢？就是去工地里干活，以你这把小骨头，能挺得过一个月吗？可是吉男呀，你也看到了，你已经错过了中学入学时间，只能在家玩一年啦。我也想过，早一个月把你叫来，送你进学校，可是以咱们家的处境，一家人糊口都困难呀。我没条件马上送你去学校，只好这样了。你在家努力学一年吧，明年无论如何也得入学呀。只要你们努力学习，我这当娘的，就是死，也保证让你们跟别的孩子读同样多的书。”

妈妈让被带到大邱来的我坐在对面，讲了孟母三迁的故事，然后说道：战争爆发之前，我们一家生活在汉城，妈妈不光缝制自己的衣服，而且我们兄弟姐妹的衣服也都亲手缝制。妈妈眼尖，针线活精巧，每当她穿着自己缝制的做工精致的朝鲜衣裙走出家门，周围的大婶们便纷纷赞不绝口。因此，尽管在公司上班的爸爸承担着家庭生计，但妈妈因为拗不过邻居大婶们的恳求，还是收取能贴补家用的手工费，权且当作解闷，做些给人家缝制朝鲜服装的活儿。那时，我们家有一台当时不多见的胜家缝纫机。那是在妈妈痛失出生一个月的第一个儿子而伤心时，爸爸用来安慰妈妈而给她买的脚踏式缝纫机。据说买缝纫机那阵儿，毕业于马山商业学校的爸爸在故乡进永邑的金融合作社当秘书，我们的家境相当不错。

一九五〇年秋天，南方部队攻克汉城前夕，爸爸就和家里人生离死别了。因为当时互相联系不上，爸爸独自去了北部[①]。我们一直观察着战局，等待爸爸，直到过了当年秋季，爸爸依然毫无音信，留下来的一家人只好坐上了十一月初的输送难民的南行列车。我们在汉城住了两年，却成了一无所

① 指朝鲜民主主义人民共和国。——译注

有的穷光蛋而离开了汉城。和爸爸分别后，为了糊口，我们家变卖了一切值钱的东西，最后，不得不连那台妈妈那么爱惜的缝纫机也给卖掉了。在输送难民的列车的敞篷车厢里，我们能用饭团来充饥，也多亏了卖掉的缝纫机。

从汉城逃难到地方后，有一阵儿，妈妈试图在故乡想方设法维持生计，不过，因为以前搬到汉城时，卖掉了家乡的房子和田地，赤手空拳的妈妈对生计十分茫然。加之当局追查爸爸在北方控制汉城三个月期间的行踪，以及后来失踪情况，受此折磨，妈妈把我留在故乡的市场街的客栈，带着三个孩子来到大邱落了脚。当时娘家几个亲戚生活在大邱。听说到大邱后，妈妈把三个孩子寄放在姨妈家的门房里，四处飘荡，做了两年的雇工。那一时期，全家人连一天两顿粥或面疙瘩都吃不上，后来被妈妈回忆为是“饿肚子最多的时期，最可恶的世道”。直到去年春天，妈妈才用辛辛苦苦积攒的钱，买了一台二手手摇缝纫机，开始做针线活了。市中心的壮观洞是很适宜做针线活的地方，妈妈的手艺经相传得到好评后，活儿就接连不断了。正如妈妈说的，她“无论如何，为了养活四个孩子，供他们上学，骨关节错落”地从大清早干到子夜，手一直不得停息地转动缝纫机。

刚到大邱的那几天，姐姐和吉中一上学，我便拉着小弟弟的手走上大街，熟悉陌生城市的环境，无所事事地闲逛。药典巷虽说是巷，其实是能跑汽车的宽敞马路。马路两边装了玻璃门的砖瓦平房鳞次栉比，都是中药材批发商店和中药房，屋里或屋檐下，各种草药像干草堆似的堆积着。进了那条街，就能看到用铡刀切碎甘草等草药的情景，芳香的草药味清爽地扑鼻而来的感觉尤其特别。

由药典巷作九十度转弯，顺着钟路大街走下去，就有叫“群芳阁”的大邱市最大的中华料理店，遇有什么宴会的时候，大门前便停放一些大巴和小轿车。燕子般俊逸的黑色小轿车是我离开汉城后第一次见到的。群芳阁对面有中国人学校，课间休息时，狭窄的运动场上，中国孩子们的陌生语言的叫喊声使我产生了到了外国的错觉。

走上大街，城市的一切风情都那么新奇，尚未摆脱土气的我甚至感到惶恐。有时，我拉着吉秀的手，跟随在深院大宅里租房住的顺花姐，走到离壮观洞有两公里远的防川。顺花姐为了洗她妈妈带来的各种旧军装，每天都要去防川。防川是横贯大邱市的唯一的河，去那里能看到比乡下集市更多的人。那里大多是女人。当时自来水供水情况非常不好，大邱的人们都把防川当成了洗衣场。那里还有在鹅卵石上立个大油桶、在下面烧劈柴收费给别人煮洗衣物的生意人。那里到处是混乱的听不大懂的北方方言，还能碰上不少在身前体后挂着围棋棋盘大小的广告牌走动的人。“寻找故乡在咸镜南道长津，在兴南码头离散的正勋妈妈和正勋、末淑。正勋妈妈耳朵下有痦子……”广告牌上写着诸如此类的字眼。其实，几年后在电视上看到的寻找离散家属的情景，我早在当时的防川就看到了。

即便我如此整天在外面四处闲逛，妈妈一直对我置若罔闻，视而不见。而对于我，和在单间里做针线活的妈妈面对面而坐，是个苦差事。不，不是因为面对妈妈，而是因为找上门来的顾客，我在屋里很碍眼。有来委托加工衣服的，来催活儿确认的，来取走用委托的衣料做成的崭新服装的，找上门的女顾客络绎不绝。她们大多是正值花季的美貌年轻女子，为了拿到衣服，她们满含笑容而来，忙着试穿新衣服，为了试尺寸和款式，毫不犹豫地脱去来时穿的衣裙。每当那时，她们自然会因为怕露出裙腰掩盖着的雪白的乳房，先察看我这个黄口小儿的眼色。有些不懂事的女子毫无顾忌地谈论一些令人难堪的酒楼世界里特有的男女之事，有时甚至妈妈都看我的眼色。傻瓜，这时你应该躲开呀，我常常如此理解母亲的瞪眼，悄悄溜出来。

转眼间，岁月已经流逝了三十多载。在这段时间里，我们家也有两个人不在这个世界了，当年在那个深院大宅里的上了年纪的人大概都已经过世了。不知道活着的人变成了什么样子，我的眼前浮现出如今即便在路上碰见，也可能认不出的许多面孔。在那个深院大宅里，几个家庭共同度过了战争刚刚结束后的混乱岁月。对于我，因为那个家是我在大邱生活的开始，所以尽管人很多，他们的音容笑貌也还是鲜明地烙在了我的脑海中。

如果首先介绍深院大宅的结构，应该由进入大院的高柱大门说起。面朝东的高柱大门，一侧门檐倾斜着塌陷下来，那是门楼上的瓦缝里、夏天会长出青草的古色古香的大门。因为房东老太太总是严格要求关好大门，因此，门总是插着门闩。如果不插门闩，每天都会有数十个小贩或乞丐出入那个大门。尽管即使站在高柱大门前大声叫喊，声音也不可能传到内院，但是每天早晨或者傍晚，都会出现摇晃着大门叫喊给点饭的乞丐。乞丐们常常大声叫喊后，把耳朵贴在门缝上倾听里面的动静。偶尔也有生气地踹一脚大门后走开的乞丐。

据房东老太太说，在她最美丽的新媳妇时期，也就是日本帝国主义统治初期，她为了看望在东洋拓植株式会社①大邱支社身居要职的公公，从婆家所在的义城坐着轿子来到大邱，当年，高柱大门内的外院里还有马棚和马夫一家住的三间茅屋。那茅屋在某个时期消失了，后来，有一阵儿长了繁茂的杂草，又有一阵儿变成了菜园，在光复那年的秋天，建了一间洋铁皮屋顶的房子。据说那是从日本回国的房东大婶的远房亲戚，凑合着盖了洋铁皮屋顶的房子住了下来。后来，战争爆发的那一年夏天，那一家人突然离开了，新搬进来的就是金泉嫂一家。

金泉嫂也是房东大婶的远房亲戚。她拆掉大门左侧的土墙，朝胡同开了一家小店铺，卖糖果和压缩饼干之类的孩子

---

① 1908 年日本政府以掠夺朝鲜的土地和资源为目的而设立的殖民地剥削机构。——译注

们吃的零食，在倒扣着的油桶上烙面饼卖。金泉嫂满脸雀斑，深邃的小眼睛总是满含恐惧，带着一个不到上学年龄的儿子。深院大宅的内院里的居民总是经过金泉嫂的店铺从简易厨房的小门出入大院。只有房东大叔和房东大婶打开沉重的高柱大门的门闩，敞开合页吱吱作响的大门，威武堂堂地走进走出。关紧高柱大门的差事，是由金泉嫂全权负责的，因此称她为权贵之家的管家也不为过。

在外院和内院之间，有一扇中门，天蓝色油漆已经脱落得斑驳不整。那个推拉的没有门楼的门一直敞开着，直到内院里最晚回来的房东大叔或者上夜间商业职高的京畿嫂的女儿美善姐回来才关上它。

走进与古色古香的高柱大门不相匹配的中门，在五个石阶梯下面，有地面凹陷的五十坪左右的宽敞的内院。我夹着衣服包裹，跟随仙礼姐姐怯生生地第一次走进那家内院。在与邻居房屋形成界限的泥土围墙墙根处，兼做下水道的污水沟里，已经长出了一堆茂盛的杂草。那个污水沟源自中门阶梯下用木板搭建的厕所，因此总是散发出臭烘烘的味道。大院中央有一个小水塘，小水塘周围放着青石，做成了有韵致的花坛。隆起的花坛里的各种树木和花草挡住了一部分上房和下房。

坐北朝南的上房，中间是大厅，分为有四个房间的内屋和一个厢房。上房的两座韩式房屋，是飘然坐落在五层石阶梯基台上的，有瓦楞瓦的房屋，生着藓苔的屋顶长了青草，翘棱的飞檐下挂着风铃。在厢房一侧的房檐下，地板廊的边缘有进行了一番修饰的栏杆，体现出朝鲜式木制建筑的风格，只有日寇统治时期改建的内屋大厅，才有装了玻璃的大门，摆放了西式座椅，显示出既非韩式也非西式房屋的不伦不类的样子。大厅里，在粮柜旁边，有一台很大的留声机，我第一次踏进那个深院大宅的星期天的下午，它正在流泻出喧闹而听不懂的英语流行曲。

隔着内屋最外侧的厨房前的水房，与内屋形成“ㄱ”型的长长的下房，是正对着中门的朝东的厢房。下房似乎是祖上颇有实力期间，供仆人一家居住的低矮的平瓦房。上房其实坐落在有五层石台阶的比较高的基台上，因此，从下房看上房，几乎需要仰视。在上下规矩分明的时代，门第高的人家连建房都讲究高低。

下房是大小相同的四间房，当时包括我家在内，住着四户人家。下房的后院紧挨着围墙，顶多能搭建烟囱，无法盖厨房。因此，各家都在各自地板廊前的角落，用木板临时搭起一个一坪左右的和我身高差不多的窝棚，盖上油毡纸后用作厨房。屋里没有柜子和货架隔板，为了便于使用，吊上木板放置杂物。正如大部分难民，厨房用具都放在当橱柜用的摞起来的苹果箱子里，过着玩家家式的日子。其实，下房的四户都是一帮可怜的难民。在当时的壮观洞，基本上都有一两户难民租住在门房或配房等下房。

我们一家人住的不足四坪的房屋，妈妈称之为粉盒大小的房屋，是下房中最靠外的房屋，源自厕所的下水道兼污水沟的小沟，流过屋外墙角，窗口总是渗进臭烘烘的气味。本来，下房只有两间房，战争爆发后，房东为了租给更多的人，在房屋中间用木板打隔断，弄成了四间房。因此，我家五口躺下来几乎塞满了炕，而且即便不侧耳倾听，也能听到隔壁房间唧唧喳喳的说话声。但是，与铲平大邱市周边的野山坡，然后随意搭建的临时房屋相比，深院大宅的出租房，还是适合人过日子的不错的地方。那些木板房和草苫房，连下水道和厕所都没有，弯下腰才能进进出出。

现在，如果要介绍下房和上房的人们，可就人数众多了，犹如列举现如今的一栋联体住宅的住户及其全体成员。我至今依然清晰地记着每一张面孔。

自水房开始，第一间房，住着从京畿道延白郡逃难来的京畿嫂一家。她家有三口人。京畿嫂五十出头儿，是同龄人当中少见的、上过开城女子高中的有知识的女人。柱子一般高大的京畿嫂的儿子兴奎先生，是个老小伙子，他在大邱市边缘的牙科医院当制作牙科用具的技工。傻大个兴奎嘴上总是挂着看上去很和善的笑。乳房和臀部都颇丰满的京畿嫂的女儿美善姐，是深院大宅里人公认的时髦姑娘，她总是嚼着口香糖，在嘴里吹泡泡，弄出声响。

第二间房，住的是退役军官、伤残军人家庭。他家也是三口人。俊浩爸爸在战场上失去了右臂，将连着橡胶胳臂的两个铁钩当作两个手指，每次看人时，他那眼光怒目而视犹如对待战场上的敌军，总是怀有敌意，他是一个不苟言笑的安静的人。脸上满是雀斑的俊浩妈妈，我刚到大邱时她正怀着身孕，挺着扣了大葫芦瓢似的圆鼓鼓的肚子。五岁的俊浩，和外院的金泉嫂家的儿子福术一般大，他俩是经常打架又很快和好如初的朋友。我的小弟弟吉秀迈着罗圈腿，整天跟着两个淘气鬼屁股后面跑，总是做傻头傻脑的事。江原道平康出身的伤残军人一家，在我到大邱的那一年早春，租房入住了深院大宅，是最晚入住的人。

第三间房住着平壤嫂一家。她家是四口人。比京畿嫂小三四岁的平壤嫂，在洋鬼子市场卖旧军服。膝下有两男一女。顺花姐面色黝黑，一对漂亮的双眼皮，是到了婚龄的姑娘。整天摆出一副怒气冲天的表情的瘦个子大儿子正泰先生，因为肺不好闲在家里。满脸粉刺的二儿子正民哥与正泰先生不同，身体壮实，是离家很近的庆北高中的毕业班学生。

下房的四户人家，互相之间知根知底。彼此知道谁家的餐桌摆上了几个碟子，甚至知道在安南米里掺和多少大麦米煮饭。每个月缴纳水费电费厕所扫除费时，虽然彼此为了少交一分钱而经常拌嘴，不过，大家都勤俭节约，发奋努力。偶尔也会说长道短，把一家的丑话传播给另一家，隐藏起自己的实际利益，但是，互相慰藉着无家可归的异乡生活的悲苦，结成了远亲近邻关系。

住在上房的房东，是历经几代而在庆尚北道义城郡闻名的土豪家族，房东大叔的曾祖父是在朝鲜末期的大邱府当过都事的门阀。据说，在大邱市壮观洞建造房屋的人，正是房东大叔的曾祖父都事大人。他隐退到乡下后，壮观洞的家由在日本人经营的土地公司东洋拓植株式会社就职的儿子居住，在日本殖民统治时期，有一段时间，壮观洞的家似乎是用于从乡下到大邱读书的家族子女们居住的地方。作为在东洋拓植株式会社就职并且在日本殖民统治时期享尽荣华富贵之家的长孙，现今的房东大叔，在光复那一年，占有壮观洞的房屋。那时，他已经作为企业家而活跃了。

上房一家共有八口人。房东大叔是出门上班时才偶尔露脸的大忙人，他经常夜不归宿，常常是深夜酩酊大醉才回家。房东大叔在大邱近郊砧山洞开了一家有十几台棉纺织机的工厂。牡丹花般华贵而丰满的房东大婶，比起居家过日子来更热衷于社会活动。因为丈夫拥有实业，她靠着丈夫的面子，在大邱市繁华大街的松竹剧场入口处开了一家经营金银首饰和钟表的商店。她还是以悠闲阶层妇女为对象的民间经济互助组织的发起人。房东夫妇只管往家里送生活费，对家事一概不管不问，只在外面跑，家里的事都由房东老太太掌管。房东老太太年过七旬，依然腰板挺直，她去市场时，总是带上家里的保姆安氏，亲自和小商贩算计价钱。房东老太太整天对下房的人揭儿媳妇的短，说她对家里的事甩手不管却不把婆婆放在眼里，京畿嫂是她的倾听者。京畿嫂学得多，明白得也多，很会哄唠叨的老太太闲聊。

房东大叔和大婶膝下只有儿子，从上大学二年级到初中二年级共三个，就是成俊哥、大脑瓢儿哥、机灵鬼哥。据说成俊哥靠补缺进了市里的私立法科大学，他与众不同，头上抹发蜡，系领带穿西装上学。跟二流子大学生一样，他将学习置于脑后，只要在家就把留声机的声音放得老大，在大厅里独自练习跳舞。下房的人给他起了个“恋爱队长”的绰号。平壤嫂家的二儿子正民哥，给上高二的大脑瓢儿哥和上初二的机灵鬼哥做辅导家庭教师，每晚两小时，每周五天。房东家里，还有从义城到大城市来上学的房东大叔的侄女寄住在一起，她读高中三年级。上房里余下的一个人就是保姆安氏，她是庆尚北道高灵人。她虽然在脑后挽了髻，其实是个二十五六岁的年轻寡妇，她拥有乡下媳妇的勤劳和好心肠。

如此这般，对于下房的四户十四个人，以及上房的八个人的人物介绍算是大致完成了。除去外院的金泉嫂家两个人，在深院大宅里生活的二十二个人聚集在一起的早晨的景象，宛若集市，热闹而且充满了活力。

上房与下房隔开了一些距离，只能听到房东老太太叫醒孙子们的声音，至于上房的内在实情，则不得而知。下房就不同了，因为彼此像是一家人，大家迎接早晨的情景，至今依然清晰地浮现在我的眼前。天大亮了，四户人家几乎同时以生炉灶的火开始一天的日程。四个房屋前浓烟飘浮，炉灶口响起扇扇子的混杂声音。身手麻利且好强的仙礼姐姐是初三学生，她早早起来，集中精力准备考试。我家常常是由我来生火。在四户人家中，起得最晚的是京畿嫂一家，所以，美善姐常常拿着几块儿生炭到处去借火。她到我家来借火时，冲我露出酒窝，偶尔给我美国产的口香糖。我固然喜欢口香糖，不过，她拿走点着了火的两块炭，留下三四块生炭的红利更好，因此，我怕她走向别人家，常常主动招呼："美善姐姐，我家已经生火了。"与顺花姐不同，美善姐来到身边，总是飘来刺鼻的香水味儿。

在早晨的情景中，如果说有记忆中印象最深刻的场面，那就是上厕所。在中门旁边，用木板粗糙地搭建的简易厕所前，每天早晨都会门庭若市。那个厕所是下房四户人家和外院金泉嫂家的专用厕所。不过情急的时候，上房的学生偶尔也会穿过大院跑来方便。因此，大体上直到早晨八点钟，都有一两个人在厕所前急切地捣动着脚等待。虽然上房大厅后面有用瓷砖内装修的干净的室内厕所，但是，那个厕所不允许下房的人使用。下房各家都准备了尿盆，内急时用尿盆来解决小便。

在厕所前等待的人中，一天都落不下的人是京畿嫂。面色黑黄，有些浮肿的京畿嫂，不仅早晨第一个上厕所，而且等不到三十分钟还要再次去，然而，此时已经有下房的某人在厕所里方便了，她只能在厕所外排队等候。

"怎么蹲那么长时间，凑合着方便了就出来得了。空着肚皮闻臭味儿有那么好吗？"

京畿嫂蜷缩着蹲在厕所门前啰嗦，抽着要烧到手指的烟头。据说，她是生完第一胎后，因为腹痛厉害才开始学抽烟的，也许是肠胃不好吧，就连等待的那会儿工夫，她都无法控制地放屁。

妈妈每次看到蜷缩着蹲在厕所门前的京畿嫂就讥讽说把厕所当成卧室似的，厕所扫除费京畿嫂应该多掏一倍。不过，厕所扫除费是下房四家加上金泉嫂家五户人家共同分担的。其实，每次拿钱时，总是要附带上几句的恰恰是京畿嫂。她说儿子女儿上班后，家里就剩下她一个人，她家应该和人口少的伤残军人家合起来交一份才合理。伤残军人两口子吃过早饭上班后，同样只剩下俊浩一个人在家里。

家家户户忙碌着吃了早饭后，急急忙忙地最早离开家的还是学生们。上房加上大学生共有四个学生，下房有平壤嫂家的二儿子正民哥和仙礼姐姐。刚刚入了学，胸前戴着名字牌、系着手绢的吉中，每周轮换着去上午班和下午班，上学时间不固定。

继学生之后，最早离开家的大人是京畿嫂家的两个子女。京畿嫂每天早晨去厕所尤其频繁，所以早饭都是美善姐做的。兴奎先生爱吹口哨，他总是提着装了饭盒的包袱，嘴里吹着《离别的釜山火车站》或《前线夜曲》之类的流行曲，边吹边摇晃肩膀，欢快地离开家门。他说他是以朝鲜战争前在开城时牙科医院工作的经验，和战争爆发后，在军队服役过程中当卫生员时掌握的技工技术工作的，京畿嫂却总是自豪地说儿子是“牙科医生”。美善姐穿着西式套裙，把飘逸的长发散开在身后，挎着小提包，嚼着口香糖，发出“啪啪”的响声走出家门。每当她穿着尖头高跟皮鞋，以优美的姿态，扭动着圆溜溜的屁股穿过大院时，不光是平壤嫂家的大儿子正泰先生，就连房东的大学生儿子成俊都很养眼地偷看她的背影。美善姐在美国第八军 PX① 当售货员，晚上回家后，换上校服去学校。她在夜间高中学习，弥补因战争而错过了的课程。

他们都走后，房东大叔和伤残军人俊浩爸爸也差不多该去上班了。

房东大婶吃了一半早饭，在上房前对穿着正装上班的丈夫送行，房东老太太则一定要送儿子到高柱大门口。

“孩子他爹，今天千万别喝酒啦，早点回来。做事业是好，也要照顾好身体啊。”房东老太太每天早晨出门送儿子，重复同样的话。

“母亲，工厂里苍蝇乱飞是前两天的事嘛，事业鸿运和纺织品景气不是总有的。景气时就该大赚一笔，什么时候能再狠赚一把啊。”房东大叔的回答，也总是差不多相同的口气。

房东大叔的事业蒸蒸日上，在他圆溜溜鼓起的小肚子和流油的脸上都表现了出来。他在砧山洞的“五星织物”纺织厂，战争期间因为购买原纱困难，加上市场经济被堵死，需求剧减，开业后就处于停产状态。粮食从义城拿来吃。大约

---

① 军营服务社。——译注

从那时起，为了用房租来贴补孩子们的学费和日常开支以及伙食费，他们出租了下房。自即将休战时开始，购买原纱方便了，人们终于开始购置因为躲避战争而顾不上的服装了，社会需求急剧增加，工厂里的织机开始昼夜不停地转动。此时，正如战后吃穿需求会迎来旺季的规律，他迎来了用耙子搂钱的横财。入春后，他的工厂就开始增加设备，扩大生产规模了。据说，他们家在政界和军界都有担任要职的亲戚，他正在充分享受其实惠。

俊浩爸爸身着没有军阶标志的军用作业帽和军服，提着装了饭盒的小军用包，离开了家。他的衣服因为俊浩妈妈经常清洗和熨烫，总是干净整洁。“本来身体就有缺陷，要是穿的衣服再邋遢，这哪儿是能得到正当待遇的世道呀。”谈到丈夫时俊浩妈妈说。按她的说法，丈夫作为军务员①在第二军司令部援护科工作，不过，在深院大宅里没有谁相信她的话。她总是恭顺地把丈夫送到高柱大门，然后回屋刷碗，准备好俊浩中午吃的饭，然后挺着大肚子去卖水果。她瘦削的脸被阳光晒得显出古铜色，脖子和胳臂细长，因长期饱受疲惫折磨几乎见不到笑脸。

说到俊浩家的事，如果要加上一件，就是深院大宅里人所共知的俊浩妈妈让福德房②老头打头阵，前来租房的逸事。租房时，她是独自和福德房老头来的，据说，当时俊浩妈妈

① 为军队服务的特定公务员文官。——译注
② 房地产中介所。——译注

对房东老太太说，她只有一个孩子，丈夫原来在老家的小学当老师，战争爆发后作为军官参了军，转业后当了军务员，正在第二军司令部工作。老太太对于她窃窃私语似的轻声细语的口气和柔顺的目光很满意，加上当丈夫的有体面的职业，又是只有一个孩子，于是马上答应给她出租房屋。虽说是一房难求的时期，但是她毕竟有能够按月交纳房租的不错的条件。十天后，她在约定的时间搬来时，俊浩爸爸却是右手挂着铁钩子的伤残军人。深院大宅的人们对那丑陋的铁钩子手感到毛骨悚然是很自然的。俊浩爸爸背着用草绳捆扎的被褥包和旧皮箱，手里提着一个大罐子，俊浩妈妈头顶着一个大木盘，上面有锅和几个小坛子，手里拿着饭桌，俊浩头上扣着大筐。他们说这就是他们的全部家当。房东老太太说，就是逃难中的人的家当也会比他们多，后悔出租错了，不过，她无法取消已经定好了的约定。

俊浩妈妈头顶着装水果的木盘出门后，过了相当一阵儿工夫，才轮到平壤嫂和她的女儿顺花姐。平壤嫂在中国军队参战后的“一四撤退”① 的逃难路上，遭美军飞机的空袭而失去了丈夫。她平常穿一身用军服改做的女式紧身裤，一件宽松的军装上衣，腰里系着装钱的腰包。一如粗嗓门、身体横着长的壮硕女人的性格，她是性情豁达的“北部女人”。她头顶着装了五十来套军装的包袱，一手提着高腿长条椅，

① 朝鲜战争期间，因中国人民志愿军的攻势，一九五一年一月四日南朝鲜当局撤出了汉城（今首尔）。——译注

早晨十点钟走出家门，直到日落，一直在洋鬼子市场摆摊。说是摊，其实正如她自己说的，连挡风避雨的地方都没有，是只有立锥之地的，面积不足半坪的马路过道。

顺花姐在她妈妈离开家时，将要洗的旧军服装进筐子里，顶在头上去防川，直到中午才回家。她回到家后，把洗过的军服晾在晾衣绳上，下午修补军服。做好晚饭后，每天去洋鬼子市场接妈妈，和平壤嫂一起回来时，总是多出另一个包裹，包裹里是要洗的肮脏的旧军服。

最后一个去店铺的，是房东大婶。她吃过早饭，十分精细地化过妆，穿上飞也似的朝鲜服装离开家门。当她炫耀着金项链和金手镯，胳膊挎着珍珠手袋走出胡同时，壮观洞的女人们就对着她的后脑勺嘀咕，“贵妇人出动了”。

退潮似的，大家都离开了家，深院大宅便宛如寺庙一样清静了。上房只有房东老太太和安氏，下房里有京畿嫂和平壤嫂家的儿子正泰先生，还有妈妈和我。俊浩和吉秀吃了饭就跑到外院，与福术结伴去胡同口或大街上玩耍。

第一章

在内院庭院里的山踯躅花盛开的五月初的某一天，吉中结束了上午班的学习回到了家，我、吉中、吉秀和妈妈四个人吃过饭之后，妈妈把我叫到缝纫机前，让我坐下来，从缝纫机抽屉里拿出钱，推到我面前。

“你数数，看看是多少？”

我数了数钱，是八十元①，以孔雀牌香烟来算，可以买四盒烟。我以为妈妈是要让我跑腿呢。可妈妈定定地看着我，说：“吉男，你好好听我说的话。你现在是这个没有爹的家庭的长子。贫困到底是啥罪呀，这个世道对那些贫困的人是多么刻薄，你也晓得吧？在动乱时期饥肠辘辘饿肚子的时候，你再怎么小，两眼也还是应该清清楚楚地看到了贫困的悲哀到底是啥东西了吧。健康躯体的人要挺过这人世间的风浪，

① 元，南朝鲜于1953年2月至1962年6月通用的货币单位。——译注

只有比别人付出加倍的努力，才能勉强糊口的。你和住在上房的学生们处境不同。他们有父母双亲，有房子，吃的富富有余，只要自己肯努力读书，他们就能上好大学，找到好工作。有钱，家庭又好，他们会比别人更出息的。就算你比上房的学生们加倍努力了，长成了大人，那个差异，也许一点都不会变的，和现在的处境完全一样。在严重干旱的农季，种地的农民光是仰望天空就能长出粮食吗？你常常仰望着上房生活，除了自己尽最大努力，还能有啥别的出路吗？我呢，如今已经是走下坡的人了，我活着，就是看着你们兄弟姐妹健健康康，将来不被人歧视，活得有个人样儿呀……”

妈妈的声音里夹杂着哀切。一直低着头的我稍稍抬眼看了妈妈。妈妈的睫毛上挂着泪珠，不到四十的妈妈，俨然是一位老人。其实，妈妈在战争爆发后的三四年里，年纪似乎长了一倍，那闪着光泽的紧绷绷的肌肤了无踪影了。妈妈用手绢擤了鼻涕后，接着说：“吉男，你的前程还有九万里苍苍岁月呀。你现在就应该开始下狠心，咬紧牙关生活。依我看，以咱们现在的处境，你的将来只有两条出路：一是你刻苦读书，使你掌握的实力远远超过别人，成为出类拔萃的人。你看看平壤嫂家的正民学生吧，没有爸，只靠他妈卖旧军服，他学得多好呀。他给上房的两个学生教课，挣钱贴补家里，不还点着煤油灯学到十二点多吗？他当了班长，还总拿第一嘛。他肯定会成为法官、检察官或是教授的。另一条是，你平安地闯过这世道的风浪的路，就是你亲身体验生活，积累经验的路。没有特别的能耐，又不爱学习，那起码应该勤奋吧。俊浩他爸没有一只胳膊，不也为了生存，每天早晨都走出家门吗？男人就是要那样呀，放下饭勺就跨过饭桌走出去，卵包子像摇铃一样作响地奔跑才能养活一家啊。所以我跟你说，你整天呆在家里，无所事事地打发这漫长的时间，该多无聊啊，我想来想去，还是决定把那个钱给你。”

“让我拿这钱干啥？”

我低头看着攥在手里的钱，莫名其妙。

“吉男呀，你拿那八十元，试试买来报纸卖吧。卖报纸挣多少钱不是问题，你靠自己的力气挣挣钱，就会知道挣钱有多艰难了。要想知道这个世道的苦涩，这样的经验会成为良药的。俗话说有钱难买少年苦……”

那是我不敢抗拒的妈妈的刻骨铭心的话。

如今想来，妈妈的那些话显然是在过了入学时间后才把我叫到大邱来时就已经想好了的。在乡下过放养的马驹生活的儿子，勉强读完了小学来到这儿了，就让他用一年时间熟悉城市的人情世故，给他开辟自己挣自个儿学费的路子吧，显然，妈妈肯定是早已做好了这种打算。因此，在我来到大邱十多天后，终于下了实施的决断。

口袋里揣着八十元，我茫然地走出了家门。

“要是卖不了报纸，你就拿那些钱当车费再回进永去吧，当个酒店跑腿的，还是集市小贩，随你的便吧。”一想到妈妈那不容违抗的最后一句话，我不能不拿出勇气来。如果只是在城里闲逛后回家，妈妈肯定不给晚饭吃的，说不定会给赶出家门，不让我住在家里。对于子女，妈妈比任何人都严厉和冷酷。

当时，在大邱出版发行《大邱每日新闻》《岭南日报》《大邱日报》三种报纸，都是晚报。妈妈甚至早已掌握了这个信息。我走上大街，手插在口袋里，无精打采地走着，正在担忧如何才能找到报社，刚巧碰上了邮递员。我问了三家报社的地址，岭南日报社离我家最近。岭南日报社就在从大邱警察署到西门市场的路口。

我忸忸怩怩地走进了岭南日报社的后院。后院里，和我年龄相仿的二十来个光着头的男孩子们喧闹着，等待取报纸。我躲在一边，他们不时瞅一眼第一次见到的我，没有跟我搭话。大约到了下午两点，头顶无檐帽的年轻人抱着一大捆刚刚印好的报纸走了出来。孩子们从那个年轻人手里买到报纸后，立刻夹在腋下飞快地跑向了大街。我也在最后买了十份报纸。我走上了大街，却张不开口，只是夹着报纸垂着头往前走。

“卖报，卖报——岭南日报。”我叫卖，可是连我自己的耳朵都听不清自己的叫卖声。

我选择人声鼎沸的中央大街一带和洋鬼子市场，夹着报纸叫卖。正如我估计的，卖报的孩子们正以那个地区为基地，横扫那一片儿。别的孩子们轻而易举地卖报，轻车熟路。他们一遇上有可能买报纸的人就祈求似的堵住去路，伸出报纸说今天有什么什么新闻，随便叫喊引人耳目的消息。然而，我却没有那样的胆识。

第一天，我卖了六份报纸，其中两份卖给了坐在椅子上，把皮鞋伸给擦鞋匠的工具箱子上的穿西服的人。在我疲惫地踢里踋啦走路，突然有人叫“喂，报纸”时，我一阵狂喜，在算计卖一份报能挣多少钱之前，我的心先就狂跳了起来。但是，常常有不知从哪儿突然冒出来的别的卖报的孩子敏捷地抢走我的顾客。那些孩子不光是卖《岭南日报》的，有时还有《大邱每日新闻》和《大邱日报》的街头卖报员。

那天，尽管我剩下四份没有卖掉的报纸回了家，却依然赚了五元，卖剩的报纸成了我的努力所获得的回报。妈妈高兴地说，托吉男的福，我们家也有幸看报纸了。那一天的晚餐，虽然同样是水泡菜和大酱汤，我却觉得比任何一天的晚餐都更甘美。

过了一星期后，我就可以卖十五份报纸了。抱着报纸到处走，最下边的报纸蹭在衣服上，或者被手弄脏，字迹会变得模糊或纸张起毛，我学会了用比较硬挺的黄色牛皮纸包上报纸去卖报。我还领悟到，车站或茶馆等场所，人们闲暇地等待的时间比较多，是卖报的好去处。有一天，我在军队综合医院探病候客室轻巧地卖掉了五份报纸。

现在的军队综合医院，在因为战争而被军队征用之前，是庆北医科大学，因此校园宽敞，树木繁茂，景色优美。在相隔一段距离设置的长椅上，常常有处于恢复期的伤残军人或他们的家属在休息。

有一天，我从探病候客室走出来，见到了坐在枫树下的长椅上，用左手笨拙地抓筷子吃盒饭的俊浩爸爸。他旁边放着小军用挎包。对于他不在办公室吃饭，而是坐在庭院的长椅上，我虽然感到奇怪，却因为自己夹着报纸的样子很羞愧，因此加快了脚步。不凑巧，我的偷眼刚好碰上了俊浩爸爸的目光。

“您好。”

我弯腰行了礼。俊浩爸爸可能是对于自己吃饭的样子感到难为情，做出了尴尬的笑。

“听说你卖报纸了。那么小的年龄，够辛苦的了。”

“您这么晚才吃午饭呀?”

“是呀，我来探病……原来在一个部队服役的战友住院了。还有，还想听听故乡的消息……”

俊浩爸爸扣上了吃了一半的饭盒盖。饭盒里是小米饭，菜顶多就是饭盒角落里放的一点辣椒酱。他的表情不同于往常的刚毅，有些尴尬。我想我应该尽快离开，我在那儿使他明显的不自在。

“那我就先走了。这些报纸傍晚前要全部卖掉。”

我说完急忙走向了正门。

卖了半个多月报纸，我的嗓门终于放开了。“《岭南日报》，《岭南日报》！刚出的《岭南日报》，新消息，有特别报道!”我已经会高喊着风似的奔跑了，我可以轻巧地卖掉十五份报纸了。当然，我卖报也有一定的路线，中央大街一带、松竹剧场周围的茶馆、洋鬼子市场、大邱火车站、军队综合医院，我按顺序去这些地方。偶尔我会被擦皮鞋的孩子或街头小流氓抢走报纸、翻走口袋里的钱后哭着鼻子回家。每当那时，妈妈就轻轻地拍着我的肩激励我："这就是花钱也买不来的人生经验呀，没伤着哪儿就很幸运了。如果你现在就此打退堂鼓，那你就不会有战胜更大难关的心了。不管怎么样，你要狠下心来，拿出勇气。"

渐渐地，我掌握了卖报的要领，洋鬼子市场里也有了买我报纸的三个老主顾，其中两个人是平壤嫂用她的伶牙俐齿给介绍的。那两个老主顾是从北方来的生意人，每次打开报纸，他们都说看看是不是有故乡人的消息。

早早卖完十五份报纸的那一天，我并不急于回家，而是在中心大街转悠，权且当作市内观光。早回去，也是和妈妈对面而坐，或者每次女顾客来了就得让出地方，免不了听妈妈的唠叨。因此，我要等到放学回家的仙礼姐姐做晚饭的时候才往家里赶。

在洋鬼子市场，我每天都能见到平壤嫂两三次，有时还能捞着她中午吃剩的饽饽或土豆。自洋鬼子市场只要跨过东城路，就有在路两边形成对角的松竹剧场和自由剧场。那华丽的大街上分布着洋货店、首饰店、钟表店、西服店、收音机店等等，总是有极尽心思穿着打扮的行人熙熙攘攘。我喜欢观看那个大街的橱窗。当然，我也会偶尔透过玻璃观看

“宝金堂”的华丽橱窗，那是深院大宅房东大婶的店铺。“当当当”，一位叫郑技师的三十五六岁的男子用大钉子似的尖尖的铁凿子在银制调羹上雕刻“寿”字或“福”字，手艺十分新奇。那个本来写起来都够麻烦的笔画很多的汉字，他却能将点连接起来弄出字的模样。他梳着平头、小眼睛、尖下巴，跟刺猬似的。房东大婶一脸福相，饱满亮堂，嘴唇涂了深红色口红，在店铺里常常对顾客开怀大笑。

某个星期六的下午，我在松竹剧场门口，与房东大叔的上女子高中三年级的侄女东姬姐不期而遇。她穿着白底红色碎花的连衣裙，将扎成两条辫子的头发披散开来。和她擦肩而过，我差一点没认出她来。

“啊，姐姐，你怎么在这儿?”

我本该假装不认识走过去的，却打了招呼。站在东姬姐旁边的高个头男学生俯视着我。他短平头，脸上长满了粉刺，穿着短袖衬衫。

“是吉男呀。”东姬姐脸一下子红了起来。

“我以为是你自己……那我走啦。”

我挠着后脑勺要离开，东姬姐迅速从口袋里拿出两个大糖块儿塞给我，然后说：“回家跟谁都不要说见到了我。其实他是故乡亲戚家的哥哥。偶然在这里碰上的。”

我快走到中央大街路口时回头看，东姬姐正和穿便服的男生肩并肩走向松竹剧场售票口，不时瞅一眼周围。松竹剧场正在放映叫《历史在夜间形成》的美国电影。立着的电影海报上，是一对西方男女拥抱在一起，正准备接吻的场面。看到大学生成俊哥和能当他姐姐的穿洋装的身材修长的中年女子并肩走在中央大街，我都没太在意，而东姬姐的行为却让我产生了有点奇怪的感觉。因为她现在是高中生。如果被学校老师发现必然会受到严厉惩罚的我估计站在她身边的男生对我也同样会产生奇怪的想法。像东姬姐这样富有家庭的姑娘，怎么会和卖报纸的少年认识，他肯定会觉得一头雾水。

看到和我年龄相仿的学生们穿校服提着书包回家的情景，我对自己连学都不能上只好卖报纸的命运感到悲哀。每当那时，我就去找消遣的地方——火车站。在火车站能看到许多乞丐、儿童和失业者。看到手里拿着罐头盒，跟在看上去体面的人后面，可怜巴巴地哀求的衣着褴褛的孩子，或者穿着脏兮兮的军服，无所事事地在站前广场溜达，拾起丢在地上的烟头抽的憔悴的失业者，我便不由得感慨人生竟然有如此艰难。看到迎着从站前广场涌出的乘客，一拥而上的挑夫，或者在烈日下摆木盘摊铺，驱赶着苍蝇卖水果和饽饽的商人，那些辛辛苦苦地活过每一天的人们，对我是个不小的慰藉。

路边的法国梧桐叶子已经长宽，闷热笼罩四周的六月中旬的某一天。

我腋下夹着报纸奔跑，在中央大街的韩国银行前与俊浩爸爸不期而遇。他左手提着小军用包，还是一身没有军阶标志的军官作业帽和军服。当时，是一天中最热的下午三点，他军服的肩上浸着汗水，右侧袖口下露出了两个铁钩。他正在匆忙走下三层建筑物的阶梯。他似乎没有看见我。不，他将帽檐压低至眉头，目光落在只能看到四五步远的地上，故意不将行人放在眼里。

俊浩爸爸转向了三层建筑物旁边的二层建筑物的阶梯。那个地方底层是洗衣房，二楼是茶馆是我经常去卖报的地方。我和他拉开几步远的距离，跟在他后面，走上吱吱作响的木制阶梯。二楼茶馆俊浩爸爸推开茶馆的门进去后，在门关上之前我迅速跟了进去。我从他背后绕过去，找到了茶馆角落的位置。茶馆里客人比肩接踵。在位于中心大街的茶馆里，被女服务员追问为什么不喝茶、催着点茶的客人大致占去了半个茶馆，哪一家都基本上座无虚席。茶馆里大部分是无所事事地晃来晃去的失业者，或者是跟失业者差不多的人。为了找到能挣钱的活，相识的人们聚在一起，泡在茶馆里窃窃私语。尽管第三届民议院大选已经在五月二十日结束了，茶馆里的客人却依然谈论早已过去的选举逸事或政治话题。

现在，对于我来说，卖报纸是次要的了。俊浩爸爸是来卖军用包里装的东西的吗？要么是来见什么人？我猜想着，频频看门口旁边的收款台。穿着漂亮的朝鲜衣裙的老板娘坐在收款台前正在更换留声机唱片。俊浩爸爸直挺挺地走到她面前，首先把铁钩子右手放在收款台上，弄出响声。四处兜售东西的伤残军人虽然穿着军服，因为大多是脏兮兮的面孔和衣着，服务员自然立刻能认出那一类人，只要看到他们一进来就不耐烦地忙着将他们赶出去。俊浩爸爸尽管肩头浸着汗，不过他穿着浆洗后熨烫过的上衣，经常刮的面孔整洁干净，没有小商贩气息。毫无戒备的老板娘看到铁钩吓了一跳。俊浩爸爸仿佛是来收债的，他怒视着老板娘，打开军用包，把东西一一放在收款台上。那是些铅笔、笔记本、梳子、牙刷之类的日用品。他只是把那些东西放在收款台上，一直默默不语。

我估计到了俊浩爸爸可能做那种事，不过，我是第一次目睹。京畿嫂曾私下里轻描淡写地散布说，有一天晚上她推开俊浩家的门，无意中看到俊浩爸爸把破旧的零钱铺在炕上，正在数钱，说他可能是在茶馆或办公室兜售口香糖或铅笔之类的东西。那是当然的，以他那样的手，怎么可能在办公室做事呢？深院大宅的人们都相信京畿嫂煞有介事的推测。我在城里的中心大街四处卖报时，期望或许能碰见俊浩爸爸。不过，在此之前我一次都没有遇到他，因此，我没有完全相信京畿嫂的话。卖那种东西，除了中心大街是断然没有合适的兜售场所的。不过，走街串巷，挨家挨户敲门强行销售，对作为名分上是军官出身的人来说太不合适了，况且收入又能有多少呢？

“今天已经是第几个人了？烦死人啦。这类没用的东西买得太多了，一个月都用不完。”老板娘冷冷地甩了一句。

俊浩爸爸愣愣地站着，只是用怀有敌意的目光怒视老板娘。老板娘从抽屉里拿出一元或是五元的零钱放在了收款台上。

“不要这些破烂东西，都装回去拿走吧。”

老板娘扇着扇子，把脸转向茶馆里面，不再理睬俊浩爸爸。

俊浩爸爸默默地把放在收款台上的东西重新装进军用包，装好了东西，以一丝不乱的挺直的姿态，默默地推开茶馆的门，走了出去。

“像是哑巴。”老板娘望着关上的门自言自语道。

我跟在俊浩爸爸后面走出来，经过收款台时，看到了上面的零钱。他没有拿走那个钱。我不认为他是忘了拿那个钱。的确是有性格的人，伴随着我的感叹，他的行动给了我不小的冲击。

我拉开三十米的距离跟在俊浩爸爸后面，甚至忘记了卖报纸的事。我以为他还会去找茶馆或是店铺的，他却朝火车站方向走，顺着中央大街的人行道一路走去。我决定再看一眼他卖东西的场面，因此不辞辛苦地跟在军服后面追赶。他在火车站向东拐，经过鳞次栉比的红灯街，走向东仁环岛。是找可以吃盒饭的安静的场所吗？我想，但我已经走了那么远的路，不忍心折回，半途而废。他穿过铁路下面的洞，走向了七星市场。

他停住脚步的地方是小商贩云集的蔬菜摊的角落。女人们在路边通道上摆开木盘正在卖东西。我第一次看到俊浩妈妈摆摊的地方。她看到站在那里寻找人似的东张西望的丈夫，立刻站了起来。她腰上围着襁褓，里面的婴儿坠在后背。我夹在小商贩们中间，向他们背后方向走去。

“简直气死人了，没法干了。根本卖不出去。”

俊浩爸爸气鼓鼓地说。

“是呀，俊浩爸爸沿街卖东西不合适。找个不太显眼的地方，也许还差不多。要不，去长途汽车站之外的地方，去火车站里或是学校……”

“士兵兴许还可以，军官出身的人是严禁沿街卖东西的。”

“又不是强买强卖……”

“因为是军官出身，有社会性的体面问题。他们说得也对。我想兴许有希望，今天又去了长途汽车站，却看到宪兵们正在搜查卖东西的伤残军人。没办法，我就到了市里。他妈的，真没法干了！”

“残疾院发来职业介绍通知之前，就在家里休息一段时间吧。我会更努力挣钱的。”

俊浩妈妈摘下戴在头上的毛巾，帮丈夫擦被汗水浸湿的脸。

“谁知道他们何时能给介绍工作，坐在家里玩，谁给饭吃吗？”

“不过也不是饿肚子呀。”

“勤跑一跑，哪怕挣几分钱，兴许能想办法摆脱月租房嘛。”

此时，突然传来了响亮的哨子声，卖东西的大婶们飞快地收起木盘或筐子。俊浩妈妈把装着青苹果的木盘顶在头上，朝响哨子声的相反方向急匆匆地追奔而去。背在她后背的婴儿的脑袋像小南瓜一样晃来荡去。

我卖报大约有半个月时，俊浩妈妈生了孩子。生孩子那一天，她没有出去干活。那天从白天开始，下房的第二个房间里，间歇地传来了俊浩妈妈的呻吟声。妈妈去了一趟那个屋回来后，吐着舌头说真够毒辣的，竟然要自己生孩子。我卖完报回来时，她的叫喊声更大了，间隔也更短了。“接生过孩子的，应该到下房帮帮忙嘛”，上房的房东老太太说。京畿嫂纹丝不动，妈妈过去帮忙。平壤嫂还没有从干活的地方回来。俊浩妈妈对妈妈说丈夫马上要回来了，丈夫能接生孩子，没关系的。她生下孩子，是在宵禁的警报响过之后。妈妈和平壤嫂为她分娩打下手，俊浩爸爸在内院里踱来踱去。她生了个女儿，在家里做了两天产后调理，便背着婴儿卖东西去了。下房的人们劝说起码要休息一周，她却毫不在意，置若罔闻。“又增加了一张嘴，要更加努力卖东西”，她说。每当她面容憔悴地走出中门，妈妈似乎让我向她学习，总对我说：

“吉男呀，看到了吧，为了养家糊口，人家脸浮肿成那样还出去卖东西。有了那样的决心，才能不饿肚子。伤残军人那一家人必然会成功的。他们总有一天会笑着讲述以前在这儿卖苹果、艰难度日的岁月的。那美好的一天，肯定会到来的。”

第二章

一九五四年的淫雨既漫长又腻味。这一年的洪水又是那么猛烈，是历年来从未见过的，仿佛要把将国土变为灰烬的三年战争的垃圾彻底冲刷掉似的。它给原本在困境下，勉强打下生活基础的城市和农村的百姓的生活，带来了又一次雪上加霜的灾难。自六月二十九日开始的淫雨，持续到了七月二十五日。据报纸报道，集中的强降雨，单单给三南地区带来的灾难，就造成了四十四人死亡，经济损失达到四亿五千万元。

在此淫雨期间，没有一天晴朗的天空，浮渣一层层叠摞似的乌云仿佛穿了底，不停地洒下雨来，整个世界都浸湿在淫雨里，甚至于大白天都阴霾晦暗，城市成了在潮湿中患了重病的患者。配给的米已经不能按时发放了，农产品价格一路飞涨，一个月内又涨了两倍，原本供给到夜里十点的照明用电，也经常中断。在处处水患泛滥之中，撒尿似的一天供应两小时的饮用水、却完全断掉了，卖水的迎来了鸿运。停水持续了两天后，出其不意的，自来水在大半夜喷涌了一两个小时，下房的四户人家忙活着接水，短暂的夏夜都不得安睡。

淫雨到来之前，我已经每天卖二十份报纸了，不过，下雨天却很难卖掉十份。当我吃过午饭去报社，哩哩啦啦的雨突然变成骤雨后，我只好将报纸由十份减少到八份，拿上报纸，跑向骤雨如注的大街。我一手举着掉了角的纸雨伞，一只胳膊夹着用牛皮纸卷起来的报纸叫卖。尽管我竭尽全力地叫喊着今天的晚报，到处奔波，却也少有立刻买报纸的人。

天空覆盖着浓浓乌云，我无法猜测日落时间，傍晚时分，我只好往钟表店里探头探脑，估摸着到做晚饭的时间，然后往家里赶。报纸卖得不好的那一天，往家里走的脚步自然要比平常沉重许多，被雨水打湿的短裤裤腿下的小腿，几乎要发软。由湿透的衣服带来的寒气自不必说，灌了水的胶鞋里的咕唧咕唧的响声，更助长了我原本饥肠辘辘的肚子的饥饿感。

我走到金泉嫂的小店铺前，油桶铁板上烤熟的面饼飘散出香味，引得我口水在嘴里打转。如果能就着肉吃一顿可劲吃的饱饭就好了。我在大邱生活的最大夙愿，只是吃。吃撑了变成饭桶，吃多了脑袋笨，妈妈以各种借口将放了七成大麦的饭盛在瓷碗里，我吃光了碗里棉花糖一样松散的饭，还是不愿放下饭勺。不过，每天都做一定量的饭，没有我能吃的多余的饭。

“吉男呀，今天的报纸又没有卖完吗？啧啧，被浇成这样，会感冒的。小小年纪太辛苦了。”

自从进入雨季后，我每天回到家时，金泉嫂都这么安慰一句。

在如此淫雨霏霏的某一天，我带着买进八份却剩下两份没有卖掉的报纸回家时，看到在金泉嫂店铺的屋檐下，穿着白色衬衣，没系领带，尖嘴猴腮的三十岁左右的汉子，向正在烙面饼的金泉嫂询问什么。

“……是啊。即便大嫂那么说，也骗不了我们。你只要告诉我，那小子住在什么地方就可以。”汉子看到我，中断了话。

金泉嫂满脸恐惧地瞥了我一眼，什么话都没有说。我收起雨伞经过油桶旁，穿过了与店铺相连的厨房。当我从外院经过中门时，听到后面叫我：“学生，等一等。”我打着伞停住了脚步。从金泉嫂的店铺出来的汉子走进了我的伞下。

“是工读生啊。我有点事问你。就是，你见过偶尔来找福术他妈的人吧？脸上带刀疤的，年龄跟我差不多吧。你见过那样的男子吗？”

汉子冷峻的目光左右扫视着问我。

“那样的人，我一次都没见过呀。”

我犹豫不决地做了回答。不过，我立刻想起了汉子所说的人。我大约见过两次那个人。在我刚刚开始卖报纸的某一个白天，我为了去报社离开家时，第一次见到了从金泉嫂的屋里出来、走向厨房的他。他皮肤黝黑，因为从脸颊到下巴有一道长长的伤疤，我记住了他的面孔。他穿着战争结束后有一阵儿可称作平民服装的染了黑色的军服。另外一次，是大约一个月前的傍晚。也许是很偶然的，我走进壮观洞长长的胡同，曾经跟在他后面走回家。他摇摇晃晃地走路，不时回头看，碰上我的目光，嘴角现出尴尬的微笑招呼我。

“看来是中学生呀。读几年级呀?”

“我不上学。”

“那是报童吗?”

“是。”

我从他的询问里意识到，在大人们的眼里，卖报和送报的孩子是有区别的，送报纸的为工读生，卖报的为报童，是连学都不上的孩子。

“我跟你说……”

男子听到中门传来沉重的脚步声，打住了话。我回头看，原来是平壤嫂的长子正泰先生。他没有打伞，正咳嗽着走到外院。他望着我们，猩红的凹陷的眼睛里闪烁着奇异的兴奋。

“那你就走吧，下次再见。”

汉子中断了要说的话，避着雨转身向厨房走去。

我经过中门走向内院时想，没说见过脸上有刀疤的人是对了。战争爆发的那一年九月下旬，收复汉城后，妈妈对我和姐姐千叮咛万嘱咐，如果谁问爸爸的事，就回答说因为飞机空袭而去世了。妈妈告诫我们，谁要是问我们一家在汉城的生活，不管问什么，都要回答说不知道。因此，直到我结婚，我一直相信，自南方部队攻克汉城前夕与家里断了音信的爸爸的确遭空袭而去世。此后，直至今日，我都不确知爸爸是真的那么逝去了，或是被绑架了，或是他自己逃到了北方，或是死于非命。我只是一直相信，他是因为战争而失踪了。

“依我看，战争爆发后，在那种混乱状态下，男人为了保住性命，啥事不能干呢？我觉得他大骂李博士①让别人不要逃难，高官们却首先悄悄过汉江逃难时，好像还没有那样。从那年七月中旬开始，他就很少回家了，我觉得有些奇怪。你爹回到家，也不说在外面干啥事，我不知道男人们在外面搞啥名堂。但是，不知他从哪儿搞来的，时不时拿来稀缺的粮食。我问他战乱里从哪儿弄到的大米，他不回答。男人在外面做的事，呆在家里的娘们儿也不好一一询问……”

定下我的结婚日子后，妈妈就爸爸在战争中的最后行踪唯一说过一次这样的话。到了我成家时，因为自战后岁月已经如流水一般消逝了多年，我们已经放弃了爸爸会活着出现在家人面前的期望。也许妈妈就是出于这种原因，给我讲了不同于我年幼时一直讲的死于飞机空袭的说法，阐明了爸爸失踪的事实。

---

① 即李承晚博士，当时的南朝鲜“总统”。——译注

我走进下房，看到妈妈坐在地板廊前，呆呆地望着下雨的天空，忧心忡忡。仙礼姐姐蹲坐在简易厨房前，一手拿着写着英语单词的纸张，另一只手正在给放了锅的炉子扇扇子，她看到我，小声说“现在才回来?”不知是不是学了俊浩爸爸，小老头似的不会淘气或说笑话，甚至很少笑的吉中趴在炕上，往铅笔头上沾唾沫写作业。老疙瘩则趴在做作业的哥哥旁边，淌着清鼻涕观看。家里的气氛总是如此，犹如天气一样阴郁。

完全进入雨季后，妈妈的活儿少了，即便是我变成落汤鸡回来，也没有人欢喜地迎接我。“吉男啊，下雨天就休息吧，不要去卖报了，反正报纸也卖不动，太辛苦了。”即便妈妈如此安慰我，我也会回答说：“没关系，我想力所能及地做一做。”可是，看到落汤鸡似的浑身哆嗦的我，妈妈一言不发。我本来就和别人家的孩子不一样，姐姐和吉中都在上学，只有我上不了学，辛辛苦苦挣钱，怎么连一句安慰的话都没有啊。我心里嘀咕着，伤心的泪水在眼里打转。

“水灾闹得如此严重，就是命再好的游手好闲者，有谁能泡在酒楼里，摆上压塌桌子的酒席呢?”吃晚饭的时候，妈妈只说了这么一句。妈妈说照这样一直没活儿，我们也要饿死了。她似乎没了胃口，没吃半碗饭就放下了勺。看到妈妈剩下的饭，我的饭勺动得更勤快了。我是为了尽快吃完我自己的饭，再将妈妈吃剩的饭据为己有。

“吉男啊，我剩的饭你吃了吧。”

坐到地板廊的妈妈也允许了，我立刻将妈妈剩的饭倒进了我的用南瓜叶熬的酱汤碗里。

“就是不这么下雨，夏天太热，卖酒生意咋能好啊。米酒店的大婶也说，夏天生意不好做呢。”

我很兴奋，对妈妈说了一句。

“在外面闯荡，你也知道人情世故啦。开始有见识了嘛。”

妈妈回头望着我，有气无力地笑了。

灯泡闪动了几次，却没有亮起来。外面，大雨里，沉沉夜幕降临了。

吃着晚饭，我对金泉嫂不到内院来找我很纳闷，不时看一眼敞开着的中门。我以为金泉嫂一定会来找我的，来打听那个长得尖嘴猴腮的汉子问了我什么。

吃过晚饭，我走到外院去看了一下。刚刚走进金泉嫂家的厨房，就发现与往日不同，她家早早关了店门，黑洞洞的屋里传来了抽泣声。

“妈，妈……”是福术找妈妈的哭声。

“福术别哭。”我说着开了门。

“是吉男吗？”

黑洞洞的屋里传来了沙哑的男子声音，吓得我差一点瘫在门槛上。没想到除了福术和金泉嫂，还会有成年男子在屋里。因为惊吓，我甚至没有听出那个说话的人是谁。

“您——您是谁？”

“我，正泰，快进来吧。”

看不到人，只能听到声音。

“太黑了……怎么不点煤油灯呀？”

“点不点都一样。”

我跪着爬进屋，关上了门。正泰先生凹陷的大而无神的眼里充着血，颧骨凸出，平常的样子在黑暗中隐约浮现了出来。因肺病免除兵役的正泰先生正在吃平壤嫂费力弄来的药片，据说因为药效好，病情已经好转了不少。我曾多次看到他把羊粪大小的药片儿倒进嘴里。据说那是从美军医疗队里偷偷弄来的叫异烟肼的药。

“福术，你妈去哪儿了？”

“那人把俺妈带走啦。妈没给俺饭吃，就跟那人走啦。”

福术抽泣着回答。

“我把卖剩的面饼给了他，他还是哭。”正泰先生说，然后转向我问，“吉男，那个尖下巴的奸佞小子，那小子问你什么了？”

“他问脸颊上有刀疤的男的是不是来找过福术他妈。”我犹豫着回答。

在深院大宅的人里，正泰先生与金泉嫂走得最亲近。

“狗杂种，想抓把柄！”

“他是干啥的人啊？”

“猎狗。”

“狗？”

“刑警。”

“福术他妈犯了啥错吗?”

“你现在没必要知道。要知道那个原因，你得再大一点。要么就是祖国早日得到解放。”

不知为什么，我产生了恐怖的想法。在黑暗中和他面对面坐着很可怕，便借口说妈妈可能找我，走到了外面。我刚走到外面，稍稍安静了一会儿的福术又大声哭了起来。随着正泰先生的咳嗽声，传来了他哄孩子的声音。

正泰先生一般来说整个上午都不出屋，一直呆在家里看书。下午则不知是为了散步，或是去见什么人，偶尔出一趟门，大多时候，他坐在金泉嫂家的小店铺的门槛上。我经常看到正泰先生和金泉嫂亲密交谈的情景。如果说俊浩爸爸和深院大宅的任何人都不交往的话，正泰先生则除了自己家里人，只和金泉嫂说得来。“喂，你和金泉嫂是不是太亲密了?听说你们经常坐在路边聊天。你这样，街坊四邻能不说三道四吗?你就是为了听别人说小伙子和寡妇谈情说爱，那么做的吗?”偶尔的，我通过隔开房间的木板听到平壤嫂对儿子的斥责。但是，正泰先生似乎对他妈妈的话并不太在意。如此一来，在午后的金泉嫂的店铺前，就能看到正泰先生，或者是京畿嫂。有的时候两个人一块儿坐在那里。爱掺和别人的事的絮絮叨叨的京畿嫂插嘴时，正泰先生就合上嘴，用凹陷的大而无神的眼睛察看来往于路口的人。

第二天早晨，我从炕上爬起来，发现虽然天上飘着浓重的云，雨却已经停了。天似乎不会变晴。京畿嫂蜷缩在中门的厕所前，手里的香烟几乎烧到了指甲。我经过她身边，走到了外院。夜里金泉嫂回来了，正在灶台前为了做早饭给火炉生火。

“您回来啦，昨晚福术哭了很长时间呀。”

“我回来不一会儿，可能是丢下福术一个人不忍心，正泰君昨天夜里在这儿睡了。”

金泉嫂似乎通宵没有睡觉，落了雀斑的脸有些浮肿，眼里充着血，头发也像枯草一样蓬乱。

“您去哪儿了？”

我虽然大致猜测到了，还是唐突地问。

“啊，我……去了一趟亲戚家，要来了一点大米。”我要回下房时，金泉嫂想起了什么似的问：“吉男啊，你说你爸爸是怎么去世的？”

“在汉城生活时遭到了轰炸。”

“你亲眼看到尸体了吗？”

“没看见，反正是那么去世的。”

“真是的，大家怎么着生在了这让人厌恶的世界啊！”

金泉嫂一边用已经撕裂的扇子往炉子口扇风，一边叹息。放了小松枝引火柴的炉口冒出了青烟。

“听下房的大人们说，福术爸爸还活着。”

我说出了一直以来纳闷的问题。谁都没有见过福术爸爸，但是，下房的人们经常谈论他。而且谈论的结尾必定会谈及房东大婶这个金泉嫂的亲戚。

“是呀，那个人才是……”

金泉嫂含含糊糊，没有说完，挽起裙子擦眼泪。显然，她不仅仅是因为炉口冒出的烟。

我一回到下房，就听到隔壁平壤嫂的高声叫喊。她正在责骂在金泉嫂家过夜的正泰先生。

那年夏天雨季，深院大宅一共闹了三次水灾。在三次水灾中，七月下旬的最后一次水灾真是触目惊心。

那一天，终日大风呼啸，骤雨如泼。大约在我要卖完报纸的当儿，东城路收音机商店的屋檐下放置的扩音器里传出的消息称，晚上六点，大邱地区的日降雨量超过了一百一十毫米。

那天，电灯同样丝毫没有亮的意思。在阴暗的屋里，我们一家人默默无声地吃晚饭。“要总这样没有针线活儿，从明天开始，中午饭就饿肚子吧。”妈妈说。隔壁屋里也传来了平壤嫂的牢骚：“淫雨弄得生意不好做，老大的药费和老二每月的学费都拿不出来了。”

吃过晚饭，点上了煤油灯，仙礼姐姐和吉中在饭桌上头顶着头学习，妈妈因为没有活儿，早早占据铺位躺下了。我和小弟弟坐在地板廊上，望着渐渐被黑暗吞食的雨。

敲打简易厨房油毡纸顶棚的雨点声，间错落在大院地上的雨点声，我家旁边的围墙下的污水沟“哗哗”响着流淌的水声，让人感觉仿佛整个世界都被圈在了大雨里。

“吉男，你去看看，那边的水沟怎么样了。这么猛的倾盆大雨，水能跑到哪儿去呀。”

坐在地板廊抽烟的京畿嫂，隔着两个房屋朝我和弟弟喊。

我穿着胶皮鞋经过屋檐，转到房屋的角落。在越来越重的黑暗中，泥水顺着污水沟旋转着流出，但是排泄并不流畅。后面房屋的地基台比我们住的下房大约高出两个台阶，污水沟是通过与那家间隔的木板墙下面的洞相连接的。在杂草的覆盖下，污水沟总是散发出臭烘烘的水沟气味，污水沟被大雨冲刷固然不错，但是如果大雨继续下个不停，雨水排泄不畅，大院迟早会积满水的。我拿起立在围墙的长杆，绕着房屋的角落捅排水沟。但是雨水通过后院的洞排泄的速度太慢，那里形成了水洼。我用长杆多捅了几个洞，然后回到了内院。转眼间我的背心和短裤全湿透了。

“这讨厌的雨，没完没了地下个不停啊。是不是老天漏了洞了啊。这孩子怎么还不回来？没有灯光的地方能学习吗？”京畿嫂把烟头扔到院子里，望着敞开着的中门嘀咕。

夜校放假后，美善姐就开始去英语学校了。她虽然是很会打扮的时髦姑娘，却是个勤奋而温柔的开城姑娘。做晚饭是京畿嫂的事儿，但是她做早饭，又出去工作和去夜校学习，星期天去教会回来后，还得替懒惰的妈妈洗好堆积起来的脏衣物。两天洗一次长发，外出时穿着干干净净的套装和校服，洗涤和整理衣服一定不容易，她却将这一切都做得轻松自如。“好像睡觉的时候，才没有嚼口香糖声，谁知道那个开城姑娘啥时候睡觉呢。”美善姐是如此细致勤快，以至于我妈妈这样说。

“雨照这样继续倾泻，院子里又要积水了，这可咋办呀？”

京畿嫂自言自语，望着我们家。

“吉男，再让你干啥你不要去。她自个儿就没有手脚吗？放心不下就让大孩子去干好了，母子游手好闲，却总要驱使小孩子。”

躺在炕上的妈妈嘲讽道。

院里响起了口哨声，看来大个子兴奎先生的确在家。正如妈妈嘲讽的，妈妈平时就看不惯京畿嫂。平壤嫂同样厌烦京畿嫂。因此，啰里啰嗦的京畿嫂的话伴儿，通常是柔顺的俊浩妈妈和上房老太太。

那天夜里，终于出了事。当时，在瓢泼大雨声中，我们一家人正在熟睡。

“这是啥声？”

因为妈妈的说话声，我从睡梦中醒了过来。只有黑暗和雨声填满了我的眼睛和耳朵。下雨天，我家不打蚊帐，却一如往常关着门。即便是夏天，妈妈也要关紧门，拉上门闩睡觉。其实，屋里值得小偷光顾的东西只有手摇缝纫机。我长大后才明白，那是守寡女人的习惯。

“这个家难道没有人，房子被冲走也无所谓吗？再怎么也是租住别人的房子吧，这也实在太过分了！”

闪电惨白地照亮了门窗，闪电消失后，外面传来了响亮的叫喊。从醉醺醺的声音便知，肯定是房东大叔。我无从知道几点了。房东大叔持有夜间通行证，因此他回家与十二点宵禁时间没有关系。

妈妈在黑暗中慌忙找来外衣穿上。除非有积压的急活儿或者仙礼姐姐学习，否则为了节省煤油，煤油灯都不肯点的妈妈，那时却掀开灯罩儿，点燃了煤油灯芯子。

“院子都成了大海，只顾自己睡觉就行了吗？以为自己屋不会进水，还在那儿睡大觉！”

外面，房东大叔再次用不利落的舌头吼叫。

终于，下房的每个房间都传出了闹哄哄的声音。除了两个弟弟沉睡，仙礼姐姐也起来穿上了衣服。妈妈抽出门闩，打开房门，煤油灯下，显露出了十分壮观的大院。雨水几乎漫过了房门前的地板廊，大院成了汪洋大海，大院中央的花坛宛然成了漂浮的小岛。在闪电劈裂天空的瞬间，忽闪出在中门处举着雨伞站在齐膝深的水里、摇晃着走向上房的房东大叔。大院里涌动的水面上，长杆般的雨直插其上。洗衣板和胶鞋之类的东西漂浮在水面上。

“火炉和厨房用具可能都泡在水里了。炭也泡水了，早饭可怎么做呀？”

“怎么回事？雨怎么会下这么大？院子成了大同江了。”

“哎哟，我们的鞋可能都给冲跑了！”

“屋里也要进水了。这可怎么办！”

下房各家里传来了混乱的叫喊声。

上房大厅点着两个明亮的煤油灯。从睡梦里醒来的下房里的人，无法从地板廊再往前迈步，只是急得直跺脚。

坐落于五层阶梯之上的上房，飘然而立，水勉强漫过第三个阶梯。房东家的人散立在大厅前，或者尚未完全清醒地打着哈欠，或者伸懒腰，观望形成汪洋的大院和吵闹的下房，仿佛看什么热闹。那是一种不以为然的态度。反正即便下房屋里进了水，上房也不会进水。道理很明白，如果上房大厅也进水，那么不光是壮观洞，就是钟路街和药典巷都会浸在水里的。

“这可怎么好？这样下去，下房要被冲走的！”

老太太站在石阶梯房基台上叫喊，却不敢淌水走到下房来。即使老太太过到下房，也不会有什么办法。

“水房里的排水沟好像也堵了，听不到流水声。”

上房的安氏大婶从与厨房相连接的后房走到了房基台上。

“我们家厨房没事吗？”

老太太问安氏道。

“厨房没进水。”

安氏毫不犹豫地走进水里，捞起放在水池里的什物。俊浩妈妈和妈妈弯腰走进简易厨房，将随手抓到的餐具和厨房用具捞起来，放到地板廊上。

“可以开摩托艇了。”

房东家老大成俊哥说。他双臂交叉在胸前，站在上房大厅。

"我抓来的鱼也都要跑掉了。"

老疙瘩机灵鬼哥虚张声势地叫喊。他去他爸爸的纺织厂，在砧山洞玩耍时，把流向市外的琴湖江支流里抓到鲦鱼和蝌蚪装在瓶子拿了回来，放进了池塘。

裤子完全湿透的房东大叔走上了上房的房基台。"倾盆大雨的，什么酒喝到那么晚。"房东大婶穿着睡衣，站在厢房栏杆前指责丈夫。

"这样的雨季机器也照样运转，窝在家里谁白给饭吃，你以为一天三顿饭容易吃吗？客户叫嚷着要求快点发货，只有喝着应酬酒周旋，布匹价格才能长了翅膀似的日益飞涨。"

对于房东大叔骄狂的话，下房已有人嫌他说大话，甩了一句：

"您以为挣口饭吃是闹着玩呢？真不容易啊。白吃饭都不容易，应酬酒又从何谈起啊！"

正泰先生讥讽说，声音小得上房听不到。

看那架势，如果大雨继续下个不停，大院的水很快就要漫过地板廊，涌进屋里了。下房的人吵闹着在地板廊下面摸索着找鞋，将能捞起的厨房用具放到地板廊，正忙得不亦乐乎的当儿，俊浩爸爸哗啦哗啦趟着院里的水，来到了我家前面。转眼间，他健全的左手已经握住了一把铁锹。我也冒着倾盆大雨走进院里。水漫过了小腿。我跟在俊浩爸爸后面，转向我家房子的角落。看不到洞口，在忽闪的闪电下，狭窄的后院一片汪洋。木板墙另一侧的后院也传来了说话和往外泼水的声音。

“喂，那边情况怎么样?”

用铁锹捅排水沟的俊浩爸爸敲着木板墙，问后院。

“院子和厨房都进满了水。下水道好像堵了，水根本排不出去。”

听到后院里男人的回答，俊浩爸爸回到了内院。

“看来不行了。大家都拿着洋铁桶出来吧。只能把水泼到院外了。”

俊浩爸爸对下房的人们说。

各家都忙着收拾自家东西，对俊浩爸爸的话听而不闻。兴奎先生和美善姐往狭窄的吊板上摞被子和衣服包裹，地方不够用，两人抬着大箱子，搬往上房的房基台。平壤嫂和顺花姐顶着军服包裹，哗啦哗啦趟着院里的水，跟在京畿嫂的子女们后面。

“屋里进水怎么办呀，咱们得先把缝纫机搬走。”

妈妈一鼓作气，把手摇缝纫机抬到吊板上。姐姐抱着被褥走了出来。吉中不声不响地收拾自己的书本，小弟弟醒来站在门前簌簌发抖。

“下雨啦，下大啦，下好多汤。”

小弟弟对着电闪雷鸣的天空拍手叫喊。

“必须采取根本的对策。光收拾自家东西就行了吗?喂，学生，拿上洋铁桶跟我来!”

俊浩爸爸脱去军服上衣，对提着炕桌出来的平壤嫂家的老二正民哥叫喊。严厉的叫喊声令下房所有的人都吃惊地望着他。在院里，以往甚至很难听到他说话的声音。

“对。别人都正在像伤残军人所说的做。我们家大院比别人家深，只能往外泼水了。路口的下水道排泄得还可以。”

房东大叔站在上房的房基台上，用毛巾边擦脸、头边说。

兴奎先生和正民哥被俊浩爸爸的叫喊声惊得正愣神儿，听到房东大叔的话，顺从地找来提桶提着，跟在俊浩爸爸后面走向中门。围着头巾的俊浩妈妈抱着包在襁褓里的婴儿走向上房。我也提着提桶跟在正民哥后面。

“干脆用葫芦瓢把汉江水泼干得了，老天被捅漏了屁眼，大雨如柱，这水怎么泼得完啊。”

京畿嫂提着装了锅碗瓢盆的木桶，边走向上房边说。

一只手不灵便的俊浩爸爸把铁锹递给兴奎先生，让他挖土垒高中门门槛，让正民哥卸掉中门的推拉门。他自己去酱缸台旁边的仓库，翻出两个草袋来。兴奎先生用铁锹挖外院墙根的土垒高门槛，俊浩爸爸把草袋子铺在上面，然后上去踩瓷实。

“那边的女人们也都到这边来吧。快快过来，还磨蹭什么!”

在俊浩爸爸强有力的叫喊下，正泰先生打头阵，他们一家人跟了过来。妈妈和仙礼姐姐，还有美善姐也跟在后面。

“正泰，你身体不好。你淋着雨不行。咳嗽会犯的。”

平壤嫂说，正泰先生却没有回去。

“大家协作干活才容易，马上分成三个组，一个人往桶里装水，一个人站在台阶中间传递装在桶里的水，一个人把水倒到院子外面。男的就站在最里面吧。”

转眼间，俊浩爸爸突然变成了指挥官。他背心完全贴在身上，在上房大厅的煤油灯照射来的光线下，那橡胶胳膊和连在橡胶胳膊底部的铁钩恐怖地裸露而出。在众人面前第一次露出的橡胶胳膊，起到了奇妙的震慑作用，使众人不敢任意行动。

“不是让你们按站着的位置组成小组嘛。来，快点动起来。站好了吗？那就开始以接力的形式干活吧。如果不抓紧，水要流进屋里的！”

下房所有的人都没有说什么，按照俊浩爸爸的指示，在自己所站的位置大致组成了三个小组。最重的活是往桶里装水，由兴奎先生、正泰先生、正民哥承担；顺花姐、美善姐、仙礼姐姐站在阶梯中间；在中门门槛把水泼到外面的是妈妈、平壤嫂和俊浩妈妈。我负责传送倒掉了水的空桶。俊浩爸爸用铁锹笨拙地挖水沟，以便由中门泼到高柱大门之间的水顺畅地流出去。

活儿很快开始了。大家被倾盆大雨浇透了衣服，依然尽心尽力地干活。组成了小组泼水，谁都没有中途停下来的工夫。在众人奋力往外泼水时，上房的两三个人回到了自己房间，老太太等几个余下的人则像看别人家的热闹，只是在远处观看。后来，房东的保姆安氏出来了，接着金泉嫂也听到声音走出来。她们和俊浩爸爸也组成了一个小组。下房的大人就差京畿嫂一个人没有参加。电闪雷鸣间隔长了一点，之后雨也好像是过了一关，渐渐开始变小。

“快点装呀，大男人怎么那么没有力气。”

在阶梯中央传递水桶的顺花姐，责备往桶里装水的兴奎先生道。

“牙科拔牙是靠力气吗？这话说的。”

兴奎先生顶了顺花姐一句。

“哎哟，姑娘小伙成了一对，啥事儿出不了呀？传递洋铁桶没关系，可别抓手啊。”

安氏的话把大家逗乐了。

“美善，跟我换位置。”

顺花姐撅着嘴对站在旁边的美善姐说。

“小组编得很好嘛，姐为啥要换位置呀。”

“讨厌。喂，你和你哥是很好的一对。”

美善姐撸了一下脸上的雨水，走到她哥面前。打湿的衬衫下，她那凸出的乳头凸现了出来。

“真是，本想找点干活的乐趣，这下太扫兴了。”

兴奎先生尴尬地开了一句玩笑，开始吹口哨，吹《雨中的探戈》。

就在这时，俊浩爸爸对上房叫喊：

“房东的学生，你们也过来帮忙一起干。你们就不在这个宅院里生活吗？这样的水灾，哪分什么房东和租房住的人。

应该一起帮忙嘛。你们究竟在学校学了什么?”

“这话说得很好。”正泰先生赞同道。

“是，我正要去呢!”

房东家老二大脑瓢儿哥高高地挽起裤腿，走下了阶梯。接着机灵鬼哥也跟了下来。

“孩子们，你们去哪儿呀？那水都是粪水呀。你们不知道外面的厕所已经冒了吗?”房东大婶说。

两个人对房东大婶的话置之不理，走进雨中，把腿伸进水里。跟在后面正挽裤腿的成俊哥说可能真的那样啊，突然后退了。

“他们到底要干什么呀，胡闹！说那些水全是粪水，一点没错。”

房东大婶责怪两个儿子道。

“谁让他们到这里来喝粪水了吗？这水如果真是粪水，那一块儿泼出去才能减少点味道嘛。”正泰先生对上房喊。

“俊浩爸爸和正泰公子说得对。俊浩爸爸是为了自个儿活命上战场打仗的吗？这时候就应该不分你我，大家一起站出来相互帮助。”俊浩妈妈接过话来小声说。

房东大婶似乎害怕俊浩爸爸或者正泰先生冲过去，搀扶着醉酒的丈夫进了屋。成俊哥正为泼水的事犯难，跟着悄悄回到了自己房间。大厅里只剩下房东老太太。

“你们真是胡闹，大夏天的，得了感冒咋办呀。看来明天要上课打瞌睡，挨老师的鞭子抽了。”

老太太蜷缩在大厅边上，对两个孙子连连埋怨。

下房的大人只有京畿嫂对泼水视而不见，忙碌着把自家器物搬往上房的房基台上面。

房东的两个学生和我又组成了一个小组，一共有了五个小组，中门阶梯被占满了。尽管雨已经小了，五个小组依然不停歇地努力往外泼水。大家可能想哪怕减少一桶水，家里也不会流进粪水，因此闷头闷脑地只顾干活。如果粪水真的涌进屋里，就是水消了之后，那臭味也会残留在炕和墙上，而且渗进生活用具里，味道会长久挥之不去的。

“五一年夏天，在锦城战斗中也下了这样的瓢泼大雨。那是漆黑的夜晚，他妈的不知哪来的唢呐声，四处响起，根本找不到方向……”

俊浩爸爸轻轻松松地自言自语，但是，谁都没有认真听他讲的，也没有谁接话茬儿。虽然仅仅是两三年前的战争故事，但只要是战争故事，因为那时太可怕，似乎谁都不想谈论。

“大家看，刚才还看不见的阶梯现在可以看到了。水下去了不少。”顺花姐仿佛有了重大发现，大声叫了起来。

大家都停下手里的活，目光投向阶梯。真的，转眼间院里的水下降了不少。水可能通过水房的下水道和排水沟流出了一些，正如俗话说众人拾柴火焰高，大家同心协力的效果多少显现了出来。

“来，大家使把劲。”俊浩爸爸说。

大家从努力的成果里获得了勇气，活儿干得更起劲了。

过了雨季后，有一阵儿炎热横行肆虐。我冒着满头大汗，四处跑着卖报纸。“冰棍，买冰棍喽。”每当看到跟我年龄相仿的孩子们背着贴了铁皮的冰棍木箱叫喊时，我是多么渴望买一根冰冷爽快的冰棍啊，但是，我实在舍不得用流汗挣来的钱买冰棍吃。每次遇到修鞋匠、小炉匠、脚夫、推着手推车卖蔬菜和水果的商贩，合计着他们怎么照顾一家，养活一家人，我就觉得吃冰棍对我来说是个过分的奢望。那时，我甚至下定决心，将来要是我遇上赚大钱的日子，夏天要在一个地方一口气吃掉五十根冰棍，让肚子里冻起来。冰棍和炸酱面那奇妙的香甜的味道，是我当时最羡慕和渴期望的。

也许是因为下房位于深院的低洼处，风仅仅从屋顶吹过，吃过晚饭走出屋，坐到地板廊上，心口窝就形成了汗沟。尤其是在雨季末尾，蚊子群是那么猖獗，每天进蚊帐前都要被蚊子叮上六七处。那时，为了乘凉走到钟路或者药典巷，经常会碰上用草绳将大西瓜和大冰块儿捆绑在一起回家的人。用勺子挖出熟透的西瓜装在铜盆里，再将冰块儿弄碎后掺进去，再倒进融解的糖精，全家人一人吃一碗，仅仅靠想象，我的后脊梁就感到凉飕飕的。平壤嫂和京畿嫂家经常搞那种西瓜宴。每当那时，甚至于大体上对他人的吃喝故作不在意的吉中，都忍不住坐在地板廊上，不时朝那边瞥上一眼，吞咽徒劳聚集在嘴里的口水。那一年夏天，我们家一次都没有搞那种西瓜宴。我们了却那个心愿，则是过了好几年之后。不要说西瓜宴，那个一家人连中午都要饿肚子的夏天，留给我的是想起来都痛苦的记忆。

到了中午，也许是追随福术和俊浩到处跑的力气都没有了，小弟弟吉秀摆动着罗圈腿，在上房的房基台下踱来踱去。老太太和安氏在大厅吃午饭时，他就用斜眼盯着她们，犹如饥饿的小狗，蜷缩着蹲坐在房基台下面，咂咂嘴看她们吃饭。“哎哟，中午饿肚子的吉秀真可怜啊，到这儿来，我给你点饭吃。”有一天，似乎是房东老太太发善心，给了吉秀一顿饭吃。我卖完报回来，那天妈妈不给吉秀吃晚饭，饿了他一顿。妈妈冷冷地说：“跟乞丐一样，居然在上房要饭吃，晚饭饿你活该！”吉秀听不懂妈妈的意思，不明白自己为啥晚饭要挨一顿饿，蜷缩在屋子的角落里，只是无力地哭泣。夜里躺下后，吉秀还说肚子饿，犹如一条生病的小狗，一直低声抽泣。“你又不是乞丐，为啥要像乞丐一样在上房要饭吃。”妈妈只是斥责，并不哄劝安慰吉秀的悲伤。其实，哄劝安慰他的方法只有一个，但是并没给他留饭。吉秀用夏布薄被裹住身体哭泣，直到我入睡都没有停止。“我再也不要饭吃了。”直到这时，他才夹着哭泣说了许多遍。虽然吉秀只有五岁，那天的教训似乎还是让他愚钝的头脑有所开窍，从第二天开始，他再也不到上房的房基台下面摇摇晃晃了。战争中经历的悲惨体验，使妈妈变成了如此冷漠无情的女人。

那一年，我也熬过了极其难耐的夏天。饥饿、抑郁、倦怠，一句话，我憎恶这不如野兽的生活，怀念着在故乡的客栈当佣人的时节，艰难地度过了每一天。我总想离家出走。我老是做慌慌张张吃东西的梦，或是像吉秀的幼儿期一样骨瘦如柴，以致干枯而死的梦。走在大街上，看上去满世界皆是黄色。我宛如没有骨头的章鱼，夹着报纸游荡在黄色的大街上。但是，在白天出奇地漫长的那整个夏天，我一直没有离开家，不曾出现因为虚脱而倒在大街上的不祥之事，勉强活了下来。当时，我甚至渴望干脆晕倒在大街上，某个没有孩子的富有的老太太可怜我，把我带到自己家里，当成她家的仆人来指使。只要一天能吃饱三顿饭，我似乎就别无他求了。

说到了晕倒，青萝卜似的细高挑吉中，那一年夏天动不动就摔跟头。他没有朋友，不会出去玩耍，跟小老头似的，总是面无表情，而且默默无语。在屋里时，他给做针线活的妈妈打下手；坐在地板廊时，不知道有什么深刻的思考，呆望着天空打发时间。虽然考卷常常得满分，但是从来不知道奔跑的他，动不动就摇晃着腿摔倒，摔得磕破膝盖。“再怎么中午饿了肚子你小子是橡胶腿吗，站都站不稳。”尽管妈妈叱责，他只是胆怯地眨巴瞪得圆圆的眼睛，没有回话。仙礼姐姐很精，仿佛是要弥补饥饿似的，一心扑在学习上。姐姐的理想是上师范学校，毕业后到桃花盛开的乡村当小学老师。“我想在平和的村庄教孩子们读书，弹着风琴生活。”她经常说。战争爆发那一年，姐姐读小学五年级，也许是因为在多梦的季节经历了残酷的战争惨相，她尤其喜欢说“和平的家庭”、“和平的时间”、“鸽子是和平的象征”等等关于和平之类的话。

在熬过那个夏季期间，我所做的一个不良行为，在其后的漫长岁月里，一直以羞愧的记忆留在我内心中，只要浮想起那个回忆，我至今都因为痛苦和怜悯而脸上发烫。

有一天，晚饭吃了一碗大麦粥，我还是饥饿难耐，夜里偷偷溜进了上房的厨房。此前，我已经事先观察好了保姆安氏把剩下的饭放在厨房的什么地方。我蹑手蹑脚地从炕上起来，穿着短裤走到大院。不知几点了，四周一片寂静，我先去了厕所。吃得少，没什么可排泄的干货，我装作大便，蹲在厕所里观察上房的动静。上房的每个房间都关着灯。我像一只狸猫，走近上房的厨房，轻轻打开厨房门。安氏用的厨房的后房一片漆黑。我走进厨房，摸索架子上面。我摸到了笸箩。安氏担心剩下的饭夜里变馊，经常不盖盖儿，用笸箩盖在上面。黄铜碗里剩有半碗米饭。我用手抓出一把饭，慌慌张张地吃起干饭来。那天，我就那么吃光了半碗饭，然后回屋睡了。第二天早晨，我生火时，上房的安氏在厨房里叨咕，老鼠顶开盖子偷走了饭。我因为慌急地跑出厨房，没有盖好笸箩，但是我故作不知。

隔了一天，第三天夜里我又做了同样的事。这次胆子更大了，我甚至从橱柜里拿出泡菜放在灶台上，就着菜把剩下的一碗饭都吃光了。我碰到一个小碗，用手指捞出干的嚼在嘴里，才知道是放了青椒的酱牛肉。那是我有生以来第一次吃到的菜。原来富人家把牛肉弄成这样的菜吃呀！其后，隔了两天，第三天我又去翻了房东的厨房。

第三次偷饭吃后的次日，我为了卖报纸走出家门，刚走到外院，从后面传来了叫声。

“吉男，等一等。”

我回头看，是安氏。

“您，您叫我了吗？”

我结结巴巴地说，脸被火燎了似的发热，心狂跳不止。

“吉男呀，你夜里进我家厨房，那可不行啊。”

“大，大婶看到了吗？”

“我跟谁都不说，你再也不要干那种事了。就算你中午没吃饭，饿了肚子，可是要想成为男子汉大丈夫，就应该坚强地忍受那种程度的痛苦。你妈妈，还有兄弟们不都忍着，艰难地熬过这个夏天吗？我对谁都不说这个事儿。”

安氏温和地说，轻轻地拍了几下我的肩膀。我一直垂着头。

“知道了。”我小声回答。

在安氏的忠告里，没有一句小偷的字眼，我至今依然记得。我垂着头，脸变成了胡萝卜，不知不觉间流下了热泪。假如安氏将我偷饭吃的事告诉了妈妈，我的小腿和后背就会被荆条鞭子抽得留下一道道蚯蚓状血印，被罚饿几顿饭。还有，会常常听到妈妈的斥责：“家中的长子，竟然偷人家的饭吃！”安氏信守了不向别人说出我的行为的诺言。从此以后，只要是别人的东西，就是掉在操场或者是教室地上的硬币或铅笔头，我都不曾据为己有，那都是得益于当时安氏温暖的忠告。

今天，我依然丢不下不填饱肚子不肯放下饭勺的习惯。“胃只能吃七成饱”，“吃太饱是一切成人病的罪魁祸首”，“腰围与寿命有必然的关系”，我明明知道这一切都是对的，但是不吃饱，我就好像没有吃饭，因此与其放着那么好吃的饭，减少饭量延长寿命，还不如宁愿选择多吃，哪怕是缩短一些寿命。我现在依然坚持这一观点。早晨醒来，我就想尽快吃到饭，吃过早饭就想中午在外面吃什么，而晚餐能有这样的菜就好了的想象是我人生价值中的最重要的一件事，是不可或缺的乐趣。

“知道你腰围是多少吗？几年前还说是三十六，现在是三十八啦。孩子们用手指杵你鼓鼓的肚子，逗你说是大肚皮，你也不害羞吗？求求你啦，减少点饭量吧。听说如今很多家庭不吃早饭呢。减少饭量，多吃新鲜的蔬菜水果，对健康多好呀。”妻子每天唱歌似的说。

我可以节制任何东西，却不能减少饭量。明知多吃菜少吃饭好，可是方便面和面包之类的东西填不饱肚皮，只有用米饭填饱了我才像是吃了一顿饭。几年前，妻子用拳头大的小碗代替我的饭碗时，我猛然发了火。对于“吃”深怀怨恨的我，无法忍受那般羞辱。家境好了一些后，妈妈喜欢吃肉类食品，因为过量饮食最终得了高血压，六十六岁时因高血压而去世。不过即便是这个事例，对我也构不成教训。

第四章

随着早晚凉爽起来，炎热的夏天也开始渐渐收敛了愤怒。不知不觉间，迎来了灯笼草熟得红艳艳的季节。浓云藏起了踪迹，天空高远湛蓝，棉絮似的云彩松散清透。

这当儿，妈妈手里的活儿再次开始积压了。直到深夜十二点，妈妈一直不歇息地转动缝纫机。除了小弟弟，我们姐弟仨一动不动，无论看什么书，坐在各自的位置学习，直到妈妈放下手里的活儿。不论是谁，如果打瞌睡，放在妈妈身边的檀木尺子就会无情地落在肩膀上。我占据了檀木尺七成的责打。只要过了九点，我便无法忍受即便狠掐自己的皮肉也照袭不误的困倦。

一天，子夜时分，妈妈边收拾手里的活儿边说了一句话。唯独那句话，让我的耳朵一震，彻底驱除了困倦。

“我想不管咋的都不让你们饿肚子，这样没死没活地干活……从明天开始，咱们也吃中午饭吧。整个一夏天漫长的白天，让正在长身体的你们姐弟中午饿肚子，看着吉中膝盖上的青紫，我不知道一天多少次想用缝纫线缝我的心，我嗓子眼儿哽着大瓢大瓢的泪水，度过了漫长的日子。我们客居他乡的凄惨的一家啊，可恶的世道啊……”

妈妈将脸埋在毛巾里，抽动着后背哭泣。

转眼间，我已经卖了三个多月报纸，与在大街上卖《岭南日报》的孩子们互相面熟了。孩子们等待着下午两点左右才出来的报纸，经常互相漫骂打架，或者一起玩赢地盘、五子棋、抓子儿等消磨时间。我和他们不太合群，不过也有和我一样每次都只是观看他们玩耍的少年。我和同龄的他成了好朋友。

汉柱是从黄海道避难来的孩子，他跟我一样不上学，四处兜售口香糖和报纸。他从早到晚，走遍市内中心大街卖东西。他虽然在那个地盘混了两年，却从来不自以为是，或者精于算计，他是个少言寡语的文静的孩子。

“我明年也想上学，哪怕是夜晚中学。我妈让我那么做。”

汉柱经常这样向我强调他的决心。战争爆发那一年，他爸爸参加了人民军，很快就战死了，他的两个兄弟在“一四撤退”的逃难路上因严寒和饥饿而死，每次讲到这些，他不但不因为悲伤哭鼻子，反而咬紧嘴唇，要报复那痛苦的创伤似的，让人猜测出他的坚强性格。那阵儿，他和妈妈、妹妹住在山格洞斜坡的木板房，租房生活。那是个难民村，由难民们自己建房而居，没有获得建筑许可，没有自来水和下水道，是名副其实的苦力们的聚居地。

“我妈卖酱菜，其实挣得不多。一天收入跟我差不多。我真的很努力赚钱。还一点一点积攒上学的钱。”

汉柱讲那些话时，虽然我对自己的将来无法预测，但是我相信他以后一定会赚很多钱，会取得成功。表面上看，他只是文静的不显眼的孩子，他的内心却像石英般坚实。

进入九月，汉柱找到了《大邱日报》送报员工作，和我分开了。“今天那些报纸都要卖掉啊，明天见！”每次开始上街卖报，各自抱着二十份报纸一起跑上大街，他都露出虎牙笑着说。如今看不到他那雄赳赳的面孔，我的失意非同一般。大约十天后，我正在岭南日报社等待要在街头卖的报纸时，汉柱气喘吁吁地跑来找我。

“你也想当送报员吗？正好有一个空缺。地段也是最好的地段。听说那个地段的送报员送报时被吉普车撞折了腿，马上需要人。吉男你要是负责那个地段，你肯定发了。”

“你说我也能当送报员吗？”

我立刻竖起了耳朵。其实，听汉柱说他当上送报员时，我特别羡慕他。送报员通常是读初中或高中的人才能做的活儿，虽然挣的钱不多，但是有够交学费的工资，是高中学生排着队等待的活儿，得到那个活儿不容易。

汉柱和我约定，他送完报纸后下午五点半左右在松竹剧场前见面。

不到五点半，我就到了松竹剧场前。我已经卖光了二十份报纸。

那一阵，大邱市发生了连环杀人案，已经持续了一周。很多人想知道今天又在什么地方有谁被杀了，因此买报的人很多。那一天，同样发现了一具中年妇女的尸体，上了社会版头条新闻。她是清晨为了参加祷告去教会的路上，在凤山洞的一个幽静的住宅区路口被绞杀的。过去几天共有四人被杀。杀人犯的杀人对象不分性别和身份，却没有一个未成年人，作案场所和时间也没有一定的规律。有的在市郊的田埂，有的在住宅区路口。三个人在夜里被杀，一个人则是大白天，在长途汽车车站的公共卫生间里被杀。两个是致命处被匕首刺破而死，两个是被绞杀窒息死亡。如果说意外死亡的四个人有什么共同点，那就是没有被抢劫金银首饰或随身物品的痕迹，都穿了绿颜色服装。报纸的报道断定，罪犯是有战斗经验的精神异常者。因为其杀人方式闪电般迅捷而且残忍，推测的凶器是军用长剑，警察正在对退伍军人中的精神异常患者进行逐一调查，追查罪犯。夹着《圣经》去教会路上的教民被杀害，《岭南日报》登载了某个牧师的话，他声称这是经过三年战争，生命丧失了尊严的，蔑视人命的风潮的一个佐证，现在人类都要在上帝面前忏悔。“特报啊，特报！又一起杀人案！”我高喊着轻松地卖报纸时，买报纸的人给人的感觉也很有趣。大体上，他们的表情里，没有这是可怕的世界的恐惧气色。“还没有抓到吧？”有个中年男子说，咧嘴笑着接过报纸。那是希望犯人不要被抓住的表情。我也希望巡警捉不到犯人。杀人事件，不仅使得我报纸卖得好，而且在我的内心里，就像妈妈说的，要在这可恶的世道活下去，让我太腻味了。我希望巡警无论怎么折腾也捉不到犯人，就像玩捉迷藏时，藏起来的小孩子不跟捉人的打招呼就回了家似的。

我看钟表店里的表，时间已经过了五点半，汉柱还是没有出现。松竹剧场正在放映美国西部电影。售票口前，许多人正在排队买电影票。在吃不上三顿饭，糊口都困难的岁月里，电影院和舞厅居然还会聚集这么多人，我感觉很新奇。某一天上午，正泰先生坐在金泉嫂的店铺前，看报纸的电影广告版，我问："电影院里看电影的人怎么那么多呀？"他以轻蔑的口气说，"白天就沉浸在那里的狗男狗女，是腐朽的资产阶级，是沾染了资本主义污水的战后派一伙"。我不懂"资产阶级和战后派一伙"的意思，但是我没有追问。

等待汉柱的工夫，我观看了松竹剧场周围的收音机店、洋货店、西装店、钟表店的橱窗，后来，还走近房东大婶经营的宝金堂的橱窗看了看。用金银加工的戒指、手镯、项链、胸花、筷子调羹等等，陈列在柔软的黑色天鹅绒布上，十分华丽。大门一侧有金银首饰，另一侧有各种各样的手表恭候顾客挑选。看了一圈橱窗后，我透过玻璃往里面看。

郑技师一只眼睛戴着放大镜，正在拆卸手表，用小刷子刷零件，将小齿轮放回原位，拧紧芝麻粒大的螺丝。他所从事的精密工作，与他刺猬般尖尖的脸和金鱼般圆鼓鼓的眼睛十分和谐。

房东大婶表情严肃，正在和头顶鸭舌帽的男子说话。片刻后，原来只露后背的男子从椅子上站了起来，轻轻顶了一下帽檐致意。在他转向大门时，我看到了帽檐下的那张脸。正是向我询问过脸上有刀疤的汉子的尖嘴猴腮的刑警。房东大婶急忙打开手包，拿出几张一百元的钞票。刑警对房东大婶递给他的钱装模作样地推让了两次，最后盛情难却似的塞进裤子的屁股兜里，走了出来。我马上转过身背对他。

到了六点，汉柱才出现在松竹剧场前。

“等好久了吧？偏偏今天送报结束得晚……对不起。”他见到就说。他似乎是跑来的，鼻尖冒着汗，喘着粗气。

我跟着汉柱来到了简陋的《大邱日报》中部发行站。发行站在法院对面，和代书所相连。发行站的办公室大约五坪左右，大部分被一张长桌子占据，三个头发蓬乱的收款员坐在长条椅上，正在清点桌子上铺开的发票和现金，准备收工。发行站站长不在，他替出了交通事故的送报员送报去了。我们坐在长条椅上，百无聊赖地等待所长回来，等了三十多分钟。汉柱因为我的事浪费宝贵的时间，口香糖都不能卖，我心里很过意不去。

“你也不是学生是吗？”

推着自行车回来的发行站站长孙先生仔细观察着我问。四十多岁的孙站长身体干瘦，可能是因为没有臼齿，两颊陷得跟老人一样瘪。

“吉男卖报纸卖得很好。扩展订户肯定很快的。”

汉柱为我说好话的时候，我羞涩得涨红了脸。孙站长一一询问了我的家庭成员情况和家庭生活状况。他那凹陷的眼睛鼠眼似的闪光，我不敢看他，只是勉勉强强回答他的问话。首先是家住市中心，距离报社和送报区段近；经常洗的还算干净的衣服；看上去很纯真，这些地方似乎让他满意。

“其实，学生们因为自己的学习忙，根本不能扩展订户。报纸，扩展订户不就是生命吗？你年龄虽小，可眼下很急，怎么样，试一试？”孙站长停顿了一会儿，转向汉柱，逼迫似的问，“你能给他作担保吗？”

“当然担保啦。请您听我的，相信他一次吧。”

汉柱充满自信地说。

汉柱没有去过我家，其实，他除了知道我是从乡下来到城里的之外，对我并不太了解。我虽然不知道他凭什么那么说，但是，他的话像温暖的水温润了我的心。

“你不上学，这正好。明天吃了早饭，马上到发行站来吧。”

听到孙站长的话，我这才感觉到了澎湃的喜悦。我也终于成了送报员，现在开始不是报童了。

从发行站出来，与汉柱分手时，大街两旁的商店已经灯火通明了。回到家，我就向妈妈报喜讯，说经朋友汉柱的介绍，我当上了《大邱日报》送报员。

“是吗？哎哟，我们家真的出了大喜事啦。太好了！以后你拿来工资，我就入会①，把它一点一点儿存进去，给你攒明年上学的钱。”

转动缝纫机的妈妈，自我到大邱后第一次露出没有阴影的灿烂的笑容。不知道妈妈想起了什么，放下手里的活儿急忙走下地板廊。

“你饿了吧，不过还是先跟我去一趟廉价市场吧。”

妈妈带我到廉价市场，在鞋店给我买了一双系鞋带的黑色球鞋。那种球鞋是我们和爸爸在一起的生活结束以后，我第一次穿的高级鞋。包上胶鞋，穿上球鞋回家吧，妈妈说。穿着新鞋走在人行道上，我的脚步是那么轻快，要飞起来似的。

第二天早晨，我去大邱日报中部发行站离开家时，在中门前碰上了肩上挎着卡宾枪的巡警。

“朴宗模先生住哪个屋?”巡警问。

“朴宗模先生?”

对于我来说是第一次听到的名字，自然是一头雾水。

“就是那个伤残军人。”

“啊，您是说俊浩爸爸呀。”

我用手指下房的第二间屋。俊浩爸爸还没有去上班，篮球鞋还在地板廊下面。去年初夏，在中央大街的某个二楼茶馆见到卖东西的俊浩爸爸后，我一次都没有在市里碰见过他。

---

① 以经济上互相帮助和增进和睦为目的的民间经济合作组织。——译注

但是，他每天依旧吃完早饭就提着小军用包出门，不知去什么地方。

“朴宗模先生在吗?”

巡警走到俊浩家房前，叫俊浩爸爸。门开了，俊浩爸爸出来迎巡警。“您是预备役上尉朴宗模先生吗?”巡警望着俊浩爸爸问。俊浩爸爸走到地板廊上，回答说是。

“请您和我去署里一趟吧。”

“什么事?”

“我也不清楚是什么事。上面的指示，我能知道什么呀。不管怎样去一趟就知道了。”

对于俊浩爸爸为什么被巡警带走我很纳闷，但是，我没有悠闲地磨蹭的时间。我急忙离开了家。

我走向发行站。站长孙先生正等着我。孙先生骑着自行车，亲自一一给我指点我要送《大邱日报》的一百多户人家。那些订户的费用，孙先生已经亲自收完了，我只跟在他后面，用他给我的粉笔在每个要送报的家门口做记号，跟《一千零一夜》里的小偷故事似的，做T字型标记，并且按顺序编了号。七星市场里有十四户，都是店铺，所以没有可用粉笔做标记的适当的墙壁，只好将有店牌的在纸上记下店牌名，连店牌名都没有的，只能用眼睛熟记。刚巧经过蔬菜摊角落的露天摊铺，我想找找俊浩妈妈，可是没有见到应该背着小孩儿在那儿的俊浩妈妈的踪影。早晨俊浩爸爸被刑警带走时，她也跟着去了，也许此刻她正在派出所或警察署前等待丈夫。

“下雨天报纸要从这儿投进去，以免弄湿报纸”、“这家有大狗，要特别小心”、“这个订户是几家人住在一起，一定要放到里屋”、“这个订户收款不大顺利，态度要始终亲切，说不定他们会拒绝订报。如果已经订了报的人取消订阅，再怎么扩展也白搭”。孙先生仔细告诉我有问题的订户。

将一百零五个订报户都编好了号，我和孙先生回到了发行站。不知不觉间已经到了中午。在发行站里，我在孙先生给我的纸上写下了姓名、住址和家庭情况。我搞不清住址的门牌号，只好画了深院大宅的简图。最后孙先生告诉我，从今天开始，下午两点半前到大邱日报社的后院。

“送报纸，问题不在于能不能送好，扩展订户才是生命。送报员每个月要增加五个订户，知道了吗？不管是在自己负责的区域，还是别人的区域都行。你不能送完报纸就回家，应该在自己负责的区域里走访现在没有订阅大邱日报、却有可能订阅的潜在订户，努力把他们发展成订户。每增加一个订户，就能拿到相应的提成。”

昨天，从孙先生和汉柱那里第一次听到“扩展”时，我不知道是什么意思，后来问了汉柱才明白是怎么回事，这一次我又不知道“提成”是什么意思了，可是我羞于直接问孙先生，就说下午见，回了家。走进内院，我看到下房的第二个房屋的地板廊前有俊浩爸爸的球鞋。显然，他从刑警那儿回来后没有去干活。屋里传来了俊浩爸爸的声音，他在教俊浩加减算术。

“要送报的订户都记住了？”我刚一开门，妈妈就问。

“差不多了。吃了午饭我就去送报。”说完，我就询问了一直纳闷的问题。“妈，刑警为啥带走了俊浩爸爸？”

“俊浩妈妈跟着去了中部警察署，听她回来说，就是因为最近发生的那个连环杀人案。去教会路上被杀死的女人，指甲里夹着军服线头，所以警察认定嫌疑犯肯定是穿军服的，对穿军服的人逐洞进行户口调查。”

“没啥别的事吗？”

“好像是吧。所以很快就回来了。”

这时，文子阿姨拿着一袋爆米花从中门走进来，谈话只好就此打住了。文子阿姨是妈妈的老主顾，是“香园”酒楼的当红妓女。她长得漂亮，心地善良。战争发生前，她上过汉城的女子大学，是良家闺秀出身，她因为战争失去了全家人，后来不知怎么就混进了酒楼。她认妈妈做干姐，称妈妈为姐姐，即便没有活儿也经常买些饺子或血肠之类的零食来玩，解解闷儿回去。有时也买来一些姐姐和吉中的学习用品。

从那天下午开始，我成了正式的送报员。我每天下午两点左右离开家，去三德洞市政府旁边的大邱日报社。从后门进得报社，就有一个宽敞的大院，中部发行站的五六个少年送报员正在等待报纸。中部发行站一共有九名送报员，其中自然有因为放学晚而慌慌张张跑来的少年。先出来的报纸分给报童，接下来把要用火车或汽车运到道内各郡所在地的报纸装上卡车，然后是市内东部、西部、南部、北部发行站，来自那儿的青年们将报纸高高地摞在自行车后座上带走。中部发行站在市中心，所以最后拿到报纸。

中部发行站的送报区域和报社最近，站长孙先生在报社大院里将报纸直接分发给送报员。孙先生用手推车从机械室拉来报纸，报纸以每百份为单位横竖摞起，送报员围在他周围。送报员大部分是初中生或高中生，穿着校服。也有四个像汉柱和我这样不上学的少年，其中我们俩年龄最小。孙先生以每五份为单位，按登记本记录的份数将散发着浓重的油墨味的报纸数给送报员。送报员就各自夹着报纸走向自己送报的区域。

“这个星期，你一个订户都没有增加。你要知道，如果继续这样不干活，很难继续送报了。要送报的高中生排着队，你不也很清楚吗？你应该明白，我说的是什么意思吧？”

孙先生经常用这种口气给送报员施加压力。

无论是过去还是现在，扩展订户都不是轻松的事。如今对初次订报的人，大都提供一二个月的免费赠阅，要取消已经订阅的报纸也不太容易，即便将谢绝某某报纸的大字贴在大门上，换了月份报纸依旧投送不误。即使订户憋着劲说不给钱，收款员找上门来，便会说因为他不是送报员，所以不知道不让送报的事，下个月开始保证不让投送报纸，然后一分不差地收走当月的订报费。然而，下个月依然投送报纸，订户等待着送报时间要抓住送报员，已经发现异常情况的送报员也并非一般的敏捷，只要他稍不留神干点别的事，就偷偷将报纸从门缝里塞进去，待他发现情况后打开大门时，送报员早已逃之夭夭了。于是订户只好等待收款员的到来，但是收款员找上门来同样有对策，这一次他会诉苦作为贫困学生的送报员和自己的困难处境，软磨硬泡地哀求就当是给困难的英才补助学费，订阅一份报纸。

我送报的第一天就碰上了三个拒绝订报客户，他们说早就要求不要送报了，报社却一直在送报，他们拒绝继续订报。发行站长张口闭口的“扩展”，我听得耳朵都起了茧子，如今现有的订户要流失了，这还了得。我哀求说前任送报员出了交通事故，我替他送报，请再看完剩余的几天凑够整月，我软磨硬泡地留住了两个订户，另外一家认准了送报员来得正是时候，死活不肯接受。因此不得已放弃了那个订户。第二天在报社遇到汉柱，我跟他讲了经过，他说他第一天碰上了七个那类订户。

“如果订阅数持续减少，就不能当送报员了。所以对拒绝订阅的就背着户主偷偷地继续把报纸投进去。如果拒绝订阅的客户一户两户地不断增加，那就只能放弃送报员工作了。如果收款员以收不到款为由告了状，就会出现更换送报员的情况，这时候进行业务交接，就像站长说的，区域管理已经被弄得一塌糊涂了。既然话说到这儿，实话实说，大邱日报不大受欢迎。”

我根据汉柱的嘱咐，当天立刻向发行站长报告了出现的问题，一户拒绝订阅，两户勉强同意订阅到月底。这三户不是我的责任。

我每天从孙先生那里拿到要投送的一百零四份报纸，外加三份。这三份是扩展客户用的。送报纸时，只要发现有可能订阅报纸的家庭，我就找去死皮赖脸地哀求订阅一份大邱日报，告诉他一直到月底都给他提供免费报纸，到时候决定订不订都可以，留下一份报纸后离开。每当此时，我都会因为害羞脖子发红，不过一想起孙先生睥睨的凹陷的眼睛，我只能忍受。碰上搬家卸货的家庭，我会推迟送报，帮助他们搬东西，以此来努力增加订户。

“我想努力挣钱，明年好上中学。您就算是帮助一个困难学生，请订阅一份报纸吧。您只要订阅两个月就可以。如果不能增加订户，我的送报员工作就要保不住了。”

我以哀求的口吻说这种话时，因为有撒谎的感觉心怦怦乱跳。不过，这种哀求式的反复求情效果最好。这不是我自己的创意，是在汉柱那里学到的一种手段。

“你瘸着腿，眼里含着泪求情试试，那效果保准更好。”

不知汉柱是不是按自己说的去做了，不到半个月，他就成功地增加了四个订户，受到了孙先生的表扬。但是增加订户并非易事，有时原来订阅报纸的家庭中止订阅，即便增加了一两个订户，总订阅数还是没有增加。由此，送报纸的工作与送报本身比较起来，其实是从“扩展”的重压下摆脱出来的战斗。所以即使是不送报的星期天，有时我依然要为了

“扩展”，在我负责的区域内挨家挨户巡访一遍。

在我的送报区域里，有两处收容失去父母的难民儿童的孤儿院。一个孤儿院是固定的订户，另一个孤儿院则是我扩展成功的订户。有一天，我突然注意到了两个孤儿院的孩子们从着装到长相都截然不同。其中一个孤儿院的孩子们虽然穿着不合身的救济服装，但服装整洁，按时理发、洗澡，少有孤儿院孩子的影子。也许他们吃得也不差，每天都能保证一定量的食物，脸胖乎乎的。而我扩展成功的另一个孤儿院却不同，那里有蝌蚪式的肚皮上突显出蓝色血管的孩子，有头上长满疮疖的孩子，还有满脸牛皮癣的孩子，他们未能及时理发，褴褛的衣服和大街上的乞丐孩子别无两样。孤儿院主要依赖于外国机构的援助和救济物资，两个孤儿院却有天壤之别。

送报纸途中，我有时坐在收容孤儿的孤儿院里的秋千上歇歇脚，刚好给这个孤儿院送报纸后，下一个该是胡同尽头的那一家有一条凶猛的狗，我常常忐忑不安地走进胡同，因此孤儿院正好是很适合休息的地方。孩子们的天性是天真烂漫的，看到他们瘦骨嶙峋的腿在运动场扬起灰尘奔跑的样子，我不由得想起了吉秀的幼儿期。听妈妈说，我家落户大邱的头两年，吉秀因为营养失调胳膊和腿枯瘦如柴，圆鼓鼓的肚子上突显出蓝色血管。虽然我们兄弟有异常严厉的妈妈，但是因为有了她，幸免了孤儿的命运，从而避免了营养失调，当我在孤儿院短暂地休息时，因为这一安慰而感到了些许幸福。

给七星市场店铺送报纸时，我经常遇到一个人。她与其说是为了卖苹果，不如说是为了躲避市场管理者，经常四处挪动摊铺，她的生活处境和我差不多。她就是俊浩妈妈。自打被巡警带走回来之后，俊浩爸爸就干脆呆在家里看孩子了，她不得不多挣点收入。

“吉男，送报很累吧？有啥办法呢？你看看这个市场，想尽办法为了生存拼死拼活地挣扎的样子。在战争中能存活下来，就应该感到幸运了。”憔悴不堪的俊浩妈妈微笑着说。

送报纸时，我偶尔会遇上意想不到的顾客，主要是在七星市场，有人朝我喊：“喂，来一份报纸。”在最初的一个月里，我因为是送报员，而非报童，所以堂堂正正地回绝说没有可卖的报纸。后来，我用于扩展的三份报纸大致能剩下一两份了，我明知不应该，却无可奈何地卖掉报纸。我用卖报得来的钱，从走街串巷卖东西的老太太那儿买一袋装在三角型纸袋里的蜗螺。我手里拿着一袋蜗螺，每送完一家，就拿出一个蜗螺放在嘴里舔一舔，那种趣味很奇特。我自个儿猜送完报为止会不会剩？能剩几个？或者用吃了核的蜗螺皮瞄准电线杆或是门牌上我用粉笔做的T字型记号投过去。这种玩法或多或少能减轻投送报纸的单调乏味。

在东城路林立的店铺中，图书出租店也是我的客户，送了半个多月报纸后，我能和图书出租店的大叔寒暄几句了。我歪着头看插在书架上的用牛皮纸包的书脊的书名，大叔说看来你喜欢书啊。他也许是怜悯我这个连学都上不了，只能送报的孩子，对我说可以免费借去看。这是从天上掉下来的馅饼呀，我当天就借了童话书《小王子》。“不要弄脏了，两天后要还回来呀。”大叔说。那本翻译的书，怕弄坏了，用牛皮纸包了书皮，上面用毛笔写了书名。我当天晚上就看完了，第二天送了回去。从此以后，我看了图书出租店的十几本童话集，并且开始对借小说产生了兴趣。妈妈不让我看漫画书，对我看小说却没有指责，所以我拼命读侦探小说，金来成和方仁根是我最初看了他们的书后知道的名字，主人公犹夫兰侦探和张飞虎侦探以敏锐的推理能力迅速破案，至今都让我联想到神话中的人物。

每天我走到达城公园，太阳便西下了，当天的送报也结束了，当我拖沓着脚步，疲惫无力地走在壮观洞胡同时，金泉嫂烙的面饼味儿尤其馋人。

我再次遇到脸上有刀疤的壮汉，大约就在那个时候，也就是我开始送报后过了大约一个月。那天，我想扩展订户，结束送报后，在东仁小学附近的住宅区里来回晃悠，可惜除了走得腿发酸，一无所获，我只好往家走。冬季的白昼短，暮色已经降临了，我走过东仁环岛，向车站方向走去。路边的店铺已经亮了灯。在通往车站的太平路往胡同拐弯阴暗处，浓妆艳抹的年轻女子们来回晃悠。她们似乎不怕冷，有的穿着袒胸露背的花花绿绿的连衣裙，嘴里叼着烟，哼唱流行歌曲，有的挡住过往男人的去路，拉住胳膊，让男人歇歇脚再走，或者留宿一夜再走。被铁路堵住的胡同尽头，火车鸣笛冲了过去。

“你是吉男吧?”

有谁靠近了我，跟我搭话。正是穿着染了色的旧军用夹克的那个人。他有棱角的脸上，颧骨凸出，络腮胡子黑糊糊的，扣着帽子。由于天黑，加上络腮胡子，他左侧从脸颊划到下巴的刀痕没有显露出来。他抓住了我的胳膊。我因为他的握力没能叫出声，只是仰望他。

“你回家后转告金泉嫂，让她明天早晨十点到七星市场通道桥入口。不许跟别人说。如果跟你妈说了，我打断你的腿，让你不能送报纸。”

他匆忙说完了话，扫视一眼周围，没有过往的车辆，便横跨马路，进入通往洋鬼子市场的狭窄的胡同，很快就消失了。一瞬间，不知面孔的连环杀人案的主犯的模样与刚才消失的那个人的面孔重合到了一起，我感到浑身毛骨悚然。他怎么知道我的名字，从啥地方开始跟踪我的，我无从知晓。我觉得自己仿佛被鬼魂迷惑了。

回到家，我向正在烙面饼的金泉嫂转达了脸上有刀疤的壮汉的话。

“是吗？我正在纳闷呢，谢谢你。”

金泉嫂惶恐地左右扫视了一眼空荡荡的胡同，然后给了我一个热乎乎的面饼，说：

“吃吧。刚才的话，你跟谁都不要说。”

“那个人是谁?”

“是我家亲戚。他因为逃避征兵，被追赶着到处跑。所以刑警要抓他。”

我不能回到家里吃面饼，妈妈可能是因为过于自尊，不管是啥，只要是白吃别人的东西，就大发雷霆。再者，我也不好意思当着两个弟弟自己吃面饼。我藏在关着的高柱大门后似的，贴着门边咬面饼吃。这时，从胡同远处有人走了过来。是房东大婶。我慌忙把剩下的半块儿面饼塞进嘴里，走进了店铺的厨房。我本想立刻咽下去的，却给噎住了。一阵咳嗽后，我用瓢在水缸里舀水，滋润了嗓子。

“怎么样，找到要搬的房子了吗?”房东大婶问。

“再稍等一等吧。我想在七星洞附近找房子搬过去。那边让我再等半个月……”

“看在叔叔的面上，我知道我不该说这样刻薄的话，不过你也知道，情况就是这样嘛。咸刑警隔三差五地跑到店铺来找麻烦，现在我也实在受不了了。在已经长大的孩子们面前，我也很难堪。所以，你要尽快离开这儿。我没脸见婆婆和丈夫……”

“我咋能不知道姐姐的处境呢。真不好意思。本来我应该有眼力见儿，自觉自动地离开……”

“我这是对你说第四次了。跟你说多了，我心也疼，你就马上想办法吧。上次住这儿的表兄那样之后，我家没少受牵连。现在你又这样，我就像坐在针毡上，在婆家人面前实在难堪。”

“知道了。我尽快离开。”

也许是下定了决心，金泉嫂的声音意外地强硬。

“郑技师也只是看我眼色。从今以后我再也不说了。你马上腾房子吧。”

房东大婶进来之前，我向中门走去。

第二天早晨，过了九点，正泰先生拿着一本书走出了家门。十点左右我走进金泉嫂家的厨房时观察了一下，金泉嫂背着身依然在烙面饼。我本以为此刻她已经去了七星市场通道桥入口，着实让我感到奇怪。不过，毫不相关的我也不好直接问金泉嫂为啥没去七星市场。是正泰先生替她去了吗？我不得而知。我和妈妈还有吉秀一起吃午饭的时候，正泰先生才回来。

第五章

灌木落光了叶子，进入了深秋时节。对于一无所有的人来说，从晚春到初秋是温暖的季节，生活比较方便。但是，随着树木在冷风中抖动枯枝的季节来临，贫困的人们便会因为担心如何过冬，首先从内心里蜷缩起来。

直到五十年代中期，连大都市都没有普及家庭用蜂窝煤，进入深秋后，木柴商店首先出现了门庭若市的盛况。有钱的人家一次性地买来两卡车的原木，在大院边角位置贴墙高高地垒起来。那个时代，冷风刮起来时，无论到哪一家，只要看到他家里堆在墙边的劈柴的数量，就可以推测出其家庭生活水平。

从春天到晚秋，几乎家家户户都是在火炉上烧炭做饭烧汤。我们家也是如此。租房住的人家买来一袋炭，节省着用，大致可以用上二十五天，可是我们家不行，我家再怎么节省也顶多能用半个月。因为当时电熨斗还没有普及，妈妈做针线活，要天天生炉火插上烙铁，熨衣服也需要炭火。点燃炭火时，我们将荆条包或劈柴劈成小竹条一样大小，用来做引火柴。下午两点钟去送报之前，我没有特别要做的事，所以生烧饭用的炉火，弄热烙铁用的火都全包在了我身上。我曾多次因煤气中毒而头晕得呕吐。那症状犹如仙礼姐姐将我从故乡带到大邱时，在火车里感觉到的晕车。

从北风凛冽的寒冷时节开始，不光是我们家，租房住的每一家都买来劈柴堆起来，在地板廊下面的灶台口烧火做饭。在整个五十年代，我家只有在气温降到零度以下，开始结冰了才生火。即便是冬天，只要天气暖和，顶多是做两顿饭时通过灶膛热一热炕。

那一年，直到十月中旬，我家都是用火炉做的饭。天气渐冷，进入凌晨能看到薄冰的晚秋之后，妈妈才在去市场回来的路上买来劈柴。妈妈买劈柴，从来没有用背架买来几捆的时候，每次都是买一捆顶在头上拿回家。那个用十根不及年轻人胳膊粗的小木柴捆成一捆的柴火，烧四天饭都不够用。

“因为战争，受够了饥饿，挨饿真的没法活呀。一饿肚子，人就瘫软下来，没法干活了。只要肚子饱，就能战胜寒冷，即便袭来再强的严冬酷寒，只要有屋顶和能挡风的四面墙壁，就不会冻死。”

正如妈妈说的，每到新粮下来时，粮食价格稳定了，妈妈就一次性地花一笔钱买来几斗大麦和大米，有时甚至成草袋子买回来。但是，劈柴从来都是随时应付，烧火时买来用。

那是阳光明媚微风习习的上午，我趴在地板廊上晒着暖阳，用姐姐过去用过的中学一年级英语教材学习单词。房东老太太在大院里用耙子翻动晾晒在草席上的做泡菜用的辣椒。顺花姐可能就那一天没有要洗的衣服，没有去防川，坐在地板廊上缝补磨破的旧军服袖口。

“我家孙子们也都长大了，所以要用一间下房。在下房腌泡菜之前，有一家应该腾出一间房的……”

老太太自言自语似的流露了一句，却故意让下房里所有的人都能听到。

“奶奶您说什么？您是说下房要腾出一间房吗？”

顺花姐停下手里的活，瞪圆了眼睛。

“是呀。孙子们学习的房不够用，我们想用一间下房。”

“奶奶，您说的是真的吗？”

京畿嫂似乎在屋里听到了房东老太太的话，站到了地板廊上。

“难道我是啰里啰嗦净说废话的老太太吗？”

“要说就该早点说呀。冬天都到了，现在去哪儿呀？虽说我不大清楚，可是下房的四户人家，没有一家能轻巧地打起行李搬家的。”

京畿嫂放了一串屁，然后拿起放在门框上的抽剩了半截的烟点燃了。屋里缝纫机转动的声响突然停了。妈妈正在望着院子里的房东老太太。妈妈似乎听到了老太太说的话，表情阴沉。

“孩子他爸早就有了吩咐，可是不好开口，一拖再拖，推迟到了现在。我们明知道下房各家处境都很难，也不好刻薄地指着哪家说到哪月哪天腾出房来……京畿家的你也看到了，我们家不是有四个孙子孙女吗？二孙子总是追着要自己单独用的一间房，没办法，现在想给他弄一间。”

“奶奶，上房除了保姆用的屋，还有五间，再怎么说也不能让在一个屋里腿摞着腿睡觉的人，在冬天来临前的这个季节腾出房来吧？人心险恶，何至于如此刻薄呀。明年解冻之后或许还可以，现在找房子，不是上天摘星星吗？让人腾出房子，这和把人家赶上大街让人冻死有啥区别？”

京畿嫂叼着烟走进简易厨房，语气强硬地说。她又往军服裤子里放了一连串儿响屁。

俊浩妈妈可能去卖东西了，俊浩爸爸这时应该闷在家里给孩子喂奶的，却一声不吭。他已经在家里呆了一个多月。

我家没有表，听到上房大厅里的挂钟敲响两点的声音，我才为了去报社离开了家。我顺着钟路方向的长长的胡同走去，看到俊浩爸爸拉着一辆旧手推车从对面走过来。如今俊浩爸爸虽然还穿军服，却已经是染了黑色的军用夹克。手推车上放着生了锈的油桶，俊浩坐在车上。

“吉男哥，这是俺家的车。俺爸花钱买的车。”俊浩炫耀说。

“臭小子，这哪儿是车。小子。”

俊浩爸爸回头看儿子有气无力地笑。望着有些羞涩而凄惨地微笑的俊浩爸爸，我猛然想，他也许是出乎意料地富有人情味的温顺的人呢。

“带轱辘不就是车呀。自行车不也是车吗？”俊浩说。

“哪儿来的力压卡（手推车）？”我问道。

“不能总闲在家里，要做点事嘛。送报纸要晚了吧。你快去吧。”

我送完报回家，看到俊浩爸爸在外院，用一块洋铁皮刮除油桶上的红色锈迹。我发现油桶中间挖了一个大窟窿，一眼就猜到了油桶的用途。那个油桶跟金泉嫂家烙面饼的油桶很像，我猜想俊浩爸爸可能要拉着手推车去卖烤红薯。

刚吃完晚饭，我家来了发型整洁、发缝笔直、涂脂抹粉的年轻女人。我只好走到大院里。那是来取新做的衣服晚上要出台的妓女。我决定去药典巷遛弯儿，走进了金泉嫂的厨房。凑巧，从店铺前面传来了京畿嫂对金泉嫂嘀嘀咕咕说话的声音。我一听，是关于腾出下房一间屋的事，于是停住了脚步。

“金泉嫂，你说说看，难道我说错了吗？伤残军人家，先看看俊浩爸爸的铁钩子手吧，加上他的乖僻性格，他们敢跟他说让他腾房子？真是深更半夜见了鬼了，他患上了战斗亡灵症，歇斯底里地叫骂起来，真让人毛骨悚然。如果他们指着那个房子让他腾出来，要是俊浩爸爸半夜里瞪着猩红的眼睛举起刀冲进去，就算上房人再多，咋抵挡得了？”京畿嫂说。

金泉嫂没有吭声。京畿嫂的话说不定是对的，我想。俊浩爸爸每天吃完早餐就出门上班的时候，没有发生过那种事，可是自从他在家休息后，偶尔在深更半夜里突然发作。“死吧，去死吧！你这样的蛆，应该立刻被枪嘣！”“冲啊！向一五高地冲啊！”“救护兵在哪里？快，快过来。看这儿，血！先堵住冒血的洞。快！”深更半夜里，他偶尔猛然间大喊大叫。他的骚动惊醒了吃奶的女儿，婴儿惊吓得大声啼哭。

“战场多残酷呀，否则怎么会战争结束这么久了，还在梦里出现呢。”妈妈也被第二个房间里传来的叫喊声惊醒，叹息说。

“可是呀金泉嫂，你听到那个传闻了吗？听说俊浩爸爸在军医院截了肢之后，还在精神疗养院住了几个月呢。好像是九月份吧，俊浩爸爸涉及杀人案的嫌疑被警察带走时，他以往的精神病病史成了问题。”

京畿嫂若无其事地补上了一句。

“其实，俊浩家搬走好是好，可是人家在人生地不熟的他乡落了户，为养家糊口生存下来那么拼命，都快到寒冬腊月了，让人家搬到大马路上，咋说得出口呀。”金泉嫂说。

“谁不是在他乡呢？逃难者的悲哀是谁都要经历的。别看我们家现在就这副模样儿，住在一间房里，有一阵儿，我们家在开丰郡土城地面儿也是有权有势的，应有尽有。后来被赤色分子折腾的，财产都被抢光了，再后来又因为战争流落到了这儿。”

“同样是北部人，俊浩爸爸的确是有与众不同之处的呀。”

“今年雨季，泼内院积水的时候，金泉嫂不也亲眼看见了吗？俊浩爸爸对上房不是大声呵斥了吗，他那刚烈呀。对别人家兴许还说得过去，让他家腾出房，无异于往毒蛇头上撒尿呀。如果他叫嚷着都是支付月租住的，为啥唯独让他搬走，找借口挥舞铁钩子，那场面控制得了？”

我不愿再听下去，走进了店铺的厨房。不过，我打了一颤，不得不停住了脚步。终于，京畿嫂嘴里道出了关于我家的事。

“……所以我说，只能是做针线活的家腾出房子嘛。光是人口就是五口，话说到这儿，咱实话实说吧，早晨在厕所排队的时候，每天必定夹上他们家的一二个人，像我这样肠胃不好的患者，气恼得如何忍受得了？不过这样的事，对于房东来说哪儿是正当的理由呀。问题是，卖身的娼妓们出入内院。过去的官妓，受过一定教育，会书法、会唱[①]，有丰富的教养之美。我在开城上女子学校时，当时是日本占领时期，开城的妓女们为独立军捐助的军费何其多呀。可是光复后，美国式的自由恋爱泛滥起来了，战争爆发后难以糊口，长得稍微说得过去的年轻女人纷纷张开大腿开始卖身了，她们哪儿还有什么羞耻心之类的东西呀，在别人面前露出白花

① 和着一定的曲调高声吟唱的传统音乐，如板索里（清唱）或杂歌等。——译注

花的乳房，随便脱衣服。年纪轻轻的东西，只穿个衬裙张开大腿坐在炕沿，叼个洋烟，那副臭德行……”

“那咋能成腾房子的理由呀?”

“金泉嫂一直在大门外烙面饼不知大门内的情况。那咋不是理由啊。东家不是有大学生和高中生嘛，还有一个上女子高中的漂亮侄女。妓女们接连不断出入大院，那场面在教育上成何体统呀。上大学的那个成俊学生，每次妓女一来，就陡然地用咱们的厕所呀。他来回往厕所里跑，偷眼看做针线活的房间，就是想看妓女们脸蛋儿和白花花的乳房嘛。老太太警告他们，我也见过好几次。士大夫家的老太太怎么看得下那种丑态呀。”

“听起来倒也是。”

“何止这些呢。上次，一个脸上有深酒窝的年轻妓女，问做针线活的，这儿是在砧山洞开纺织厂的朴社长住的地方吗。房东先生可能是那个妓女干活的酒楼的老主顾。我坐在地板廊上，听到她说房东先生的酒风，弄得我捂着肚脐眼大笑。

做针线活的媳妇嘘嘘地提醒说老太太能听到，那不懂事的丫头抽着烟，甚至说房东先生喝得烂醉如泥，只穿着裤衩跳舞。那时老太太正在厨房里收拾豆芽，两眼冒起火来，气势汹汹地说就是空着房子，再也无法忍受那些贱货们出入了。可是对于平壤嫂来说……”

突然，京畿嫂打住了话头。

片刻，传来了金泉嫂和谁打招呼的声音。

“今天都卖光了呀。够辛苦的。”

俊浩妈妈背着女儿，头上顶着装了木柴的筐子，由小门走进了外院。最近一个月来，俊浩妈妈每天回家都比较晚，俊浩爸爸闲在家里做晚饭，她为了哪怕多卖一个苹果或梨，卖到天黑了才收摊。她仔细看停放在外院角落里的手推车和油桶，然后走进了中门。在京畿嫂接着评说之前，我应该马上出去了。

暮色降临了，药典巷和廉价市场的店铺都掌了灯。我呼吸夹杂着药草味的清凉的晚风。那气味任何时候闻起来鼻尖都清爽，让人很愉快。路过市场路口，我看到腌泡菜用的白菜和萝卜堆了一大堆，木柴店摞着比房屋还要高的原木。我们家多久才能过一次买来一车烧柴，地里埋上几个放了各种佐料的泡菜缸生活呢？屈指算去，我想象不出那可能是哪个年头。

我经过木柴店回到家里，看到平壤嫂在我家正在和妈妈聊天。她们说的，同样是关于下房要腾出一间房的令人担忧的话题。

“仙礼妈你担啥心呀。就算上房要用下房的一间屋，哪能用离上房最远的这个角落里的屋呀。如果上学的学生夹在咱们中间，隔着这么个木板，咱们可就啥话都不能说了。说有啥用呀，和上房最近的京畿嫂家搬走才是原则呀。老太太不喜欢嘴碎的京畿嫂，仙礼妈不也知道嘛。”

“可是老太太镶的牙，也是京畿嫂家的儿子优惠给她做的……再说，京畿嫂多会投其所好，哄老太太呀。”妈妈缝着上衣的领口贴边儿[1]，无精打采地说，“刚才，傍晚的时候京畿嫂还对老太太献殷勤呢，问她有没有坏牙或疼牙，还说美善一直惦记着要送一瓶有助于老年人健康的美国产保健品呢。”

“京畿嫂那嘴皮子，可得小心呢。我不是跟仙礼妈说过嘛，我在市场里偶然碰到了以前住在开城，后来逃难来的一位大嫂，我对她说我们院里也有从开城来的人，我们说的碰巧对上了。她说呀，京畿嫂在开城时当过妾。她和一个专门给人参商贩放日息高利贷的开城富人同居，生的孩子就是……”

平壤嫂压低嗓子说，瞥了一眼关好的门，中断了话。

妈妈放下手里的活儿望着平壤嫂，十分惊讶。姐姐正在盖了棉白布的米袋子旁摆上饭桌埋头学习，她也瞟了一眼平壤嫂。

“京畿嫂很少说到她男人，原来是有那个缘由呀。我说呢，手指连水都不沾的懒惰成性的女人，咋是那么活脱脱的大烟鬼呢……”

“听说解放后，变成人民共和国的天下后，那个玩钱的老头子被打成了反动分子，和全家被赶到了黄海道北部深山

① 缝在韩服上衣领口外面的白色细窄布条。——译注

沟里的遂安煤矿。人家说京畿嫂光复前虽然当妾，可是家里还有保姆，过得舒服着呢。”

“经历了那可恶的战乱，还讲过去的事有啥用呀。每个人都有很多怨恨，都有许多曲曲折折的事吧。不过我想，京畿嫂会不择手段地留在这儿的。她的屋即便再怎么和上房最近，京畿嫂挪到这边的空房不就成了吗？哪有一定要让她腾出房子的道理呀。”

装好了上衣领口贴边儿，妈妈从炉子里抽出烙铁，在熨板上开始熨烫深紫色的夏布上衣的下摆和领口贴边。

“要不，就得俊浩家腾出来了。我猜应该是他们两家中的一个。仙礼妈受这般罪供孩子们上学，他们也是养孩子的，瞪着两眼这都不知道，还是人吗？”

“针线活儿如今总算有些着落了，如果搬到邻近处倒还可以，可是即便跨过二条大道，那些不愿走路的年轻人能问着路带着衣料找来吗？活儿断了，我们一家五口人就要拿着空罐头盒走上大街了。别人家尚且可以，对我们家来说，接针线活，地段真的很重要。在这个脸盘儿大的壮观洞地界上，冬天又马上来临了，哪有出租的房屋呢……”

妈妈抽噎着说。她的脸一如她的声音，阴云密布。我仔细看去，妈妈的手似乎也没了力气，烙铁都用不好。

“里子用完了吧？听说立冬快到了，布匹要涨价。你来市场看看吧。”

平壤嫂对妈妈的话无以回答，站了起来。

“您走好，这两天我过去看看。”

平壤嫂和妈妈同是因为战争失去了丈夫，为生活而奔波的未亡人，彼此有相似的伤痕，加上同样出奇地顽强勤奋，在深宅大院里，她们的关系比任何人都亲近。平壤嫂友善地关照妈妈，帮助妈妈从洋鬼子市场廉价买缝纫线，做领口贴边的料和韩服衬里。

“平壤媳妇丝毫不担忧自己会被赶走，眼睛都不眨一下。正民教上房的两个孩子，上房再怎么样也不会无情地让他们搬走的。正民教的两个孩子成绩提高了，房东咋好意思让他们腾房呢？即便不能在上房给腾出一间……”平壤嫂回自己房间后，妈妈随口说道。妈妈又补充了一句，给我们兄弟听，“平壤媳妇虽然也是寡妇，可人家已经沾老疙瘩的光了。”

那一夜，妈妈久久未能入睡，连连叹息：在这寒冬里被赶走咋办？没有一间属于自己的房，是这样悲哀呀。

“明天无论如何也要和姐姐商量一下。让姐姐找女主人，哀求她无论如何让咱们继续住下来，看来只能如此了。”

妈妈的自言自语模模糊糊地钻进了沉入睡梦中的我的耳朵里。

白昼一天天明显地缩短了，日头在达城公园西侧落下后，我才能送完一天的报纸。我结束了一天的活儿，安慰着饥肠辘辘的肚子回到家里时，已经变了天色，暮霭落了下来。那是平壤嫂和妈妈谈论腾房子问题之后的第四天。

我送完报纸回到家，看到一个壮汉正依着我家旁边的墙，横竖摞原木。妈妈和姐姐帮忙把卸在大院里的原木递给壮汉。

“大嫂，干脆明天就把木柴劈了吧。便宜一百元，四百元我就给你劈完这些木柴。”

戴着狗皮帽的壮汉说，把原木摞得跟个头一样高了。

“我不说了吗，我们家也有能劈木柴的儿子。四百元，够买我们全家吃两天的粮食了。”

“那就是要劈柴的小子吗？筷子似的孩子？”

壮汉望着站在搬原木的姐姐旁边的我，咧嘴笑了。

“我说不用劈了。你这个人也真是，话太多了。现在干完了，您就请回吧。钱已经给了刚才卸货的那个人。”

“那个孩子劈柴，半数木柴会变成木屑的，损失会很大……为了省下四百元，可能会损失一千元。如果劈柴时再伤着点，说不定在医院花的钱比买原木钱还多呢。”

壮汉歪着头望着我说。

“别啰嗦废话了，干完了活马上走吧。”

壮汉摞好了木柴，微微抬了抬狗皮帽子，“祝你度过一个暖和的冬天”，他说完朝中门走去。肩上背着装了斧头和凿子的袋子。也许是傍晚的缘故吧，他的背影看上去很是凄凉。

蜂窝煤尚未普及之前，每到那个时节，过了中秋，冷风开始刮起后，在城市的街头巷尾很容易碰上烟囱清洁工或劈木柴的人。

烟囱清洁工们在粗铁丝或者劈成细长条的竹子一头捆上

刷子，然后卷成圈扛在肩上四处游走。“打扫烟囱喽。”他们拉长声音吆喝，那副模样简直就是从烟囱里出来的黑人。他们不仅脸和狗皮帽子上沾了烟子，衣服上也到处是烟子，当他们从胡同迎面走来时，人们因为怕沾上烟子纷纷让开路。烧木柴，炕洞常常被堵塞，炕烧不热，因此需要疏通炕道。疏通堵塞的炕道和烟囱需要一定的技术和工具，所以烟囱清洁工也是响当当的职业。

碰上烟囱清洁工倒也无所谓，不过，和劈木柴的人相遇就不同了。一开始，我有一阵儿送报时，一碰到他们就变得胆小如鼠。一般来说，他们都是袋子里装着斧头和凿子四处游荡。有的人跟黑帮似的穿着宽松的军服，两边口袋里插着凿子，肩上随便扛着锋利的斧头。他们胡子拉碴，一脸凶相，用饿了几天似的呆傻的目光挨家挨户窥视大院，每当他们经过时，扛在肩上的斧头看上去很像凶器，容易让人产生强盗的错觉。“小子，把那些报纸都放那儿，脱光衣服后滚蛋。”每当在僻静的胡同里碰上他们，仿佛他们会叫喊着举起斧头似的，我甚至感到惶恐不安。“劈——柴喽”，他们竭尽全力拉开长调吆喝时，我甚至听不明白他们在叫喊什么。

“吉男，这都是咱家的木柴。多吧？”

姐姐看着原木欣慰地说。原木盖住下水道，码到了围墙的三分之一高。姐姐用手背擦着汗，在渐渐加深的黑暗中，张开的嘴里微微露出发白的虎牙。

“光是看着原木堆，就让人感觉暖乎乎的。今年冬天不用烧炕了，只要看到原木就不会冷了。”妈妈兴奋地说道，“好了，吉男肚子也饿了吧，洗洗进去吃饭吧。”

“哪有啥特别的殷实的富人呀，仙礼家是下房最殷实的富人啊。”

顺花姐蹲在简易厨房的灶台前，在火炉上用煎锅炒猪肉，望着我们说。

炒猪肉的香味强烈地刺激了我的食欲，我正饿着肚子。平壤嫂家每月挣的钱似乎全部花在吃上了。在下房的四户中，他们家吃得最好，恨不得每隔三天就成斤地买来猪肉，在火炉上炒，或者把萝卜切成大块放进锅里和猪肉熬汤。“一四撤退时，见到的冻死饿死的难民多了去啦，人能活几百年呀，何苦该吃的不吃，勒紧裤腰带过日子呀。我们决定该吃的就吃，管它明天会怎么样呢。就是为了啥都没吃到变成冤鬼的老头子，我们也要拼命吃，替他多活他那一份。”有胆识的平壤嫂常常如此说。

不过，妈妈跟我们兄弟说的，没有平壤嫂自己说的那么轻松。“肺病呀，吃好东西是最好的药。因为大儿子正泰，平壤嫂魂牵梦绕，伤透了心。他们家那么又炒又炖地弄肉，其实吃的人就是患肺病的正泰一个人。猪肉对正泰来说等于是补药。”猪肉是补药？我不相信妈妈说的话，如果喷香的炒猪肉真是补药，我甚至希望得一次肺病。

“仙礼妈真不错呀，又是应季成袋买进大米，现在又买木柴堆起来，只要做了泡菜，过冬准备也就做好了。”

俊浩妈妈和俊浩吃完了晚饭，端着饭桌走到地板廊上说。从昨天开始，俊浩爸爸到了中午就推着装上了油桶的手推车走出家门，接近半夜才回来，所以他不在家。

“每次论根买木柴烧的人，如今一下子买来成车的原木，是有用意的。当然有用意了，谁不知道她的心计呀。”

在地板廊角落里洗碗的京畿嫂接过俊浩妈妈的话说道。

“妈，咱家也买一车拉来吧。等我领到年底奖金就可以解决了。”

美善姐换上了衬着白领的黑色校服，提着书包站到地板廊上说。

“行，就那样吧。咱们也买他一车原木，腾腾腾摞那儿吧。”

“我走啦。”

美善姐在电灯下照了一下手表，说上课要晚了，扭动着要撑破裤子的紧绷绷的屁股走向阴暗下来的大院。

姐姐端着饭桌一进屋，一直等待的几个兄弟飞快地坐到饭桌周围，占据各自的饭碗。菜，只有晒干的白菜叶子汤和泡菜。我捞起汤里的白菜叶子一嚼，咬到了沙子。

“姐，白菜干儿没洗净呀。”我说。

“我洗好几遍了……怎么了，咬到啥了?”

“沙子。”

实际上我顾不得那么多，我狼吞虎咽地狂吃，几乎弄弯了夹泡菜的筷子，往嘴里猛塞。妈妈去市场，有时拣来收拾作泡菜的菜时扔掉的白菜帮子或萝卜缨子。妈妈的理论是又不是偷的，拿来可以吃的蔬菜有啥害臊的，想想饥饿时期，这也是谢天谢地了，被人踩了咋的，粘了泥土，洗干净熬汤喝没事儿。在下房的四户中，拣来当引火用的稻草或木棍，还有被人家丢弃的蔬菜叶子的，只有我们家和俊浩家。

肚子填得差不多了，我才想起妈妈还在外面。

“妈，吃饭吧。”

我打开房门，看到夜幕下，妈妈站在院里的原木堆前。

“嗯，你先吃吧。”

妈妈没有回头，继续用食指点着原木数数，二十二，二十三……

“姐，看来妈高兴得不得了啊。咋回事，妈为啥买了那么多原木呀。”我关上门问。

“姨妈去宝金堂见了上房房东大婶，求她让咱家继续住这儿。房东大婶说确实没法张口点名让下房的谁家搬走，也挺苦恼。她出主意说，先买来木柴放在大院里，烧完木柴之前不是难以搬家嘛，她们说这样弄弄看……反正过冬怎么也要用烧柴。”

“可是刚才美善姐家也说要买木柴呀。”

“我也听说了。”姐姐扫兴地说。

第二天，京畿嫂家果真买进了一马车原木，和我家买的差不多一样多。京畿嫂把原木一拉进大院，就让跟来的人把原木劈了。然后，在离我家原木两尺远的地方横竖码起来，以利于通风。

各家进行买烧柴竞争似的，第二天平壤嫂家也买来了一马车原木。因此从中门旁的厕所到我家房子的围墙，堆积了下房的三家买来的原木，宛如木柴店。唯独俊浩家对这一竞争不感兴趣，因此下房要搬走的，隐约地指向了俊浩家。俊浩妈妈一如往常，卖水果回来时买一捆烧柴，装在腾空了的筐子里头顶着带回家，跟妈妈过去做法一样。看到别人家的挡住排水沟侧围墙的烧柴，她毫无表情。不知道房东老太太是不是也知道内情，同样毫无声色。

有一天，妈妈让我在报社要来一根粉笔。当天我给东仁小学教务室送报时，要来了两根粉笔，妈妈让我用粉笔在我家的原木上做标记。妈妈似乎担心我家的原木和京畿嫂家和平壤嫂家的混到一起。在挨着我家旁边的墙堆起来的原木上，我拦腰从上到下画了一条白线。只要抽出原木，白粉笔线就会中断。其实，妈妈希望我在木头上确切地标上是我家的木头，在每根截面十厘米左右的木头上画上标记，就像我跟着发行站站长将每个订户连续编号似的。但是妈妈没有多说，只是不满地说了一句："那也算是作了标记吗？倒是够快的。"

位于岭南地区内陆的大邱盆地，夏季是全国闻名的火炉，而到了冬天，却又出奇地将水银柱急剧拉下去，是气象台每次介绍全国气温最低的地方。

十一月下旬的某一天，奇袭似的寒冷席卷而来，前院的池塘结了冰。因为突降的寒冷，当我洗脸将手放进洗脸盆时，手指甲和指尖冻得发麻。直到那天早晨，妈妈才给我拿出内衣，两边膝盖和胳膊肘都用别的布缝补的斑马花纹的棉布内衣。那个内裤原来是姐姐穿的，撒尿的地方用剪子剪了个洞，短得露出一大段脚脖子。内衣原本应该有弹性，应该紧贴在屁股上的，可是我伸进手去，肥大得足以装进一个瓢。那时我才想起姐姐滚圆的屁股。迄今为止，我从来不曾有过她是姑娘的感觉。

“该死的天气，真他妈冷。”

戴着毡帽，穿着厚实的大衣的房东大叔从上房的房基台上走下来。他要去上班，嘴里喷着白色哈气。

那天白天，我刚刚吃完午饭，一个穿着夹克，头顶无檐帽的年轻人走进内院，来找房东老太太。那是偶尔来跑腿的五星织物的职员。

“按照社长吩咐拉来木柴了。”年轻人说。

“啊，孩子他爸今天出门时说过要拉木头来。车到了吗?”

“是，拉来了满满两车。卡车就停在大道边。”

“就把它放在酱缸台旁边到后院拐角那儿吧，摞好了。”

年轻人出去后，老太太叫来保姆安氏，让她清理散落在要放木柴的地方的零乱杂物。

下房的三户各自勉勉强强买了一马车烧柴，不知道靠那些劈柴能不能熬过一冬。家势如火焰一般兴旺的房东家的确不同，他们一次便买来两卡车原木，弄得不仅下房的人惊讶，就连来往经过壮观洞胡同的人，都情不自禁地询问是谁家的烧柴，羡慕不已。

卡车装载了几乎要挤破车厢的原木，胡同太狭窄，可也不能撞毁周边民宅的屋檐开进去，只好雇用了一辆手推车，由三个搬运工来回运送原木。他们把原木卸到大院，大院里有两个人专门把原木摞起来。原木是笔直的树皮发红的红松，有的下面一头很粗，我伸开双臂才能抱得住。和房东家的原木相比，固然有些自不量力，可是在我的眼里，码在靠近厕所墙边的三堆大白菜粗细的下房的原木也着实可怜了。其中京畿嫂家的木柴劈成细条堆在那里，看上去更是凄惨。在整个深院大宅，只有俊浩家还没有准备烧柴。

俊浩爸爸健全的手戴着沾了烟子的棉手套，提着装了红薯的口袋从屋里走出来。他一如往常，为了避免和别人的目光相遇，垂着头从散落在大院的原木之间走了出去。

“爸，我也跟去。带我走吧。”

俊浩抓住他爸爸没有胳膊的空荡荡的袖子哀求。

“爸，爸，也带我走。带我去看。”

不知什么工夫，吉秀也迈着罗圈腿跟上了俊浩爸爸。

“不是你爸，是我爸。吉秀那小子总以为是他爸。”

俊浩责备吉秀说。

“爸，爸，让我和巨浩一起去。”

吉秀毫不在意俊浩的话，晃晃悠悠地跨过原木，跟在俊浩爸爸屁股后面。叫爸爸似乎是他的夙愿，他总是叫俊浩爸爸为爸爸。

“我不说了吗，那儿不是你们去的地方。”俊浩爸爸对儿子说，“俊浩你带吉秀玩吧。不是有爸爸写好的字吗？玩一会儿你照着字在报纸上写下来。写五遍小腿才不挨打，知道了吗？”

“爸写字也歪歪扭扭的，还说呢。”

俊浩取笑爸爸。俊浩爸爸正在用健全的左手练习写字。

俊浩爸爸默无声息地把两个孩子赶回去，走出了外院。他经常把装了油桶和木柴捆的手推车放在金泉嫂店铺后面的角落里。也许是天气的关系，他头上扣着带护耳的狗皮帽，围着俊浩妈妈织的毛线围巾。那一天，他的背影看上去比平常更加褴褛。

虽说是严寒的天气，干活的人依然流着汗卖力地忙碌，房东老太太皱巴巴的嘴边含着饱满的笑，观看干活的场景。拉手推车的和装卸的人在内院里放好原木，从五星织物的职员手中接过工钱离开了。穿着染了色的军装的壮汉，和穿一身韩式服装，套着黑色马甲的壮汉，靠围墙整整齐齐地码放原木。

“老奶奶，明天就开始劈木柴吧。我们俩三天就能干完。我们以非常便宜的价格给您劈柴。”穿马甲的麻脸壮汉说。

“哈哈，你们这些人啊。坐车来时就说个不停，现在还说呢。你看看，木头还是潮湿的。新木头要再弄干一些。”

五星织物的职员说。

“年轻人说得对。木头还没有干透。”老太太接过话说。

“没干透的木头劈起来费劲，那是我们的事。木头没干透时劈，没有木头碎片，劈柴干得快，火力旺，不是一举两得吗？”

麻脸壮汉给站在原木堆上面的人递着原木说。

“厨房后面还有能用半个月的柴火，你们码好木头就走吧。没干透的木柴早早劈了火力不旺，看来你们不知道。”

老太太说完似乎感觉到了寒气，抖动了一下肩，回了上房。

“喂，请码好木头。原木滚下来会伤着人的。”

安氏仰望着站在原木堆上面的穿工作服的壮汉说。这时，一直只是默默干活的胡子拉碴的一脸凶相的壮汉俯视安氏。

“不必担心。我会码好的。”

“日本人统治时都给鬼子砍伐了，战争中因为炮击被烟火熏死了，又这样胡乱砍伐，山除了光秃秃还能怎么样？”

正泰先生胳膊交叉在胸前，望着码原木的说。

“我在乡下时，砍山上的树被人发现会被抓到驻在所（派出所）去，受到严厉惩罚。”我望着正泰先生说。

“一文不值的人民，就是折了一根树枝也会受到那种惩罚，有何办法。可是也有霸占整座山，毫无畏惧地砍伐国有森林里跟黄牛一样粗壮的大树，却不会被警察抓走的人。那不就是和警察、郡政府官员拉帮结伙，掠财分赃的实力集团的一帮杂种吗？所以人们说，如今是靠山比什么都牛的世道嘛。明年夏天雨季来了你看吧，只要一发生山洪，光秃秃的山就会塌方，会有不计其数的村庄遭受泥石流和洪水袭击的。这个腐烂透顶的政府，只顾疯狂地吸吮人民的血汗，哪有在意治山治水的工夫。”

正泰先生的脸上始终见不到笑容，他的口气也总是扭曲的。他毫无恐惧地对我随意使用北部人常用的“人民”一词。

“好像很眼熟呀。”

木材堆上的胡子拉碴的一脸凶相的壮汉望着正泰先生，歪着头说。他用围在脖子上的脏兮兮的毛巾擦脸上的汗水。

“是呀，我也觉得好像在哪儿见过。”

“对了，我在防川堤坝的洗衣场见过大哥。你不是找从平壤逃难来的师范毕业生吗？大声叫喊着找。”

“那么，你也是为寻找从北部来的家里人去了防川吗？”正泰先生问。

“是呀。我经常去那儿。我不光去防川，只要是人多的地方都去。洋鬼子市场、七星市场、西门市场，这些地方每天都去一趟。即便是翻遍南朝鲜土地的每个角落，我也一定要找到逃难来的家里人。”

“您是从北部什么地方逃难来的？听口音像是平安道南边。”

“从黄海道遂安郡三亭面来的。我听人说父母和兄弟都来南部了。你认识从那边逃难来的人吗?”

“不认识。还真没见过从遂安来的人。”

直到临近我该离开家去报社的时间，两个壮汉才干完活，他们抖搂抖搂衣服后走了。没有揽到劈柴的活，他们似乎很遗憾，离开时对安氏说十天后还要来，嘱咐她在此之前不要让别人干。

原木堆码得有我两个个头高，如同我在故乡的堆积锯末的木材厂转悠时闻到的，它散发出清香的木头气味。

第六章

下首场雪的那天，一如南部地区往常的雪，夜里飘起哩哩啦啦的雪花，下得那么吝啬，雪甚至没有盖住院落里的土就停了。天亮以后，风又把可怜的雪粒吹到了大院的角落。有些风，并不很冷，晴朗的天气很暖和。

“俗话说下雪不冷化雪冷，下雪后这么暖和的天气，腌泡菜就好了。佐料价格不知天高地厚地往上蹿……”妈妈说。

顾客一早要来取走衣服，所以妈妈缝制上衣的衿，让仙礼姐姐做饭。

下房没有一家腌泡菜。大家争先恐后地把烧柴拉进了大院，老太太说的腾出一间下房的事却似乎不了了之了。大家都觉得冬天不必搬家了，可以平平安安地度过一冬了，都放了心，泡菜一拖再拖，最终成了晚菜。

别人家的情况如何不得而知，我们家却是因为妈妈手里总是积压着针线活，抽不出腌泡菜的工夫。做针线活和其他行当不同，一旦委托了，人家就火急火燎地催促。人人都急于穿新衣服，心情固然可以理解，可是妈妈的老主顾大多是在酒席上卖笑挣了钱，用在装饰上的欢蹦乱跳的年轻姑娘，如同她们的年龄一样，她们不懂得耐心等待。"那就只能交给别的裁缝店了。"顾客不安分地收起铺开的面料时，妈妈当然不可能没有贪心，眼睁睁地看着到嘴的肉飞走。因此，伴随着宵禁的警笛声停电后，妈妈不得不坐在煤油灯前，过了子夜后依然熏燎着头发继续干活。

"我明亮的眼睛看来真的不行了。这般年龄居然已经不能穿针引线了。吉男啊，你以后长大了，如果有对你娘尽孝的心，你就买来对眼睛好的药给我，说妈年轻时为了养活我们，供我们读书，费尽了眼睛，听说这个药对眼睛好，请用这个药吧。"眼睛发酸的时候，妈妈常常揉着眼睛如此说。早晨起来，妈妈因为在昏暗的煤油灯下受了累，眼睛周围肿着，眼里布满了血丝。

"仙礼，昨天早晨我一去上班，发现PX乱得一塌糊涂。门上的铁锁没了，PX里一片狼藉。"

美善姐嚼着口香糖，在简易厨房前做早饭，跟同样做早饭的仙礼姐姐搭过话来。

"怎么了，遇上小偷了吗?"

"是呀，小偷闯了进来，偷走了PX的全部东西。PX周围围着双层铁丝网，夜里通上电，还有警务人员日夜巡视，不知道小偷是从哪儿进去的？美国宪兵抽打夜间组警备人员，用枪托胡乱打人。在 PX 工作的所有的人都受到了怀疑，我也是整个上午一直接受调查。”

我到大邱后，也看到过围绕着美军部队的层层铁丝网。铁丝网上处处挂着小牌子：“禁止接近，接近就发炮。”我曾经就发炮的意思问仙礼姐姐后才知道，发炮不是抓人，而是开枪的意思。接近铁丝网就开枪，那不是把人当野兽来狩猎吗？在大街上每当碰到蓝眼睛，身材魁梧，毛茸茸的美军，即便他们不搭话，我不知怎的总是提心吊胆，听到姐姐的话就觉得更恐怖了。

“姐，没抓到犯人吗？”

“好像还没有抓到。负责 PX 的史密斯中尉暴跳如雷，说朝鲜人都是盗贼。”

“怎么能说朝鲜人就都是盗贼呢！”

“气头上说的话呗。其实美国人不那样，朝鲜人心黑。我跟你说，在八军工作的朝鲜人，没有不偷偷拿走一两个美国产的东西的。所以下班时，每天都对朝鲜工作人员进行搜身。尽管是女检查员，可是连月经带都被搜查时，真是伤透心了。”

“姐也偷偷拿过吗？”

“我怎么会……我只是说都那样而已。”

“活得太艰难了，所以有那样的人吧。”

“尽管不只是那个理由，不过我讨厌朝鲜人。我想无论用什么手段，我都要离开这个国家。而且说不定什么时候再发生战争呢。”

美善姐嘴里吹口香糖，弄出“啪啪”响声。我扫着堆积在地板廊下的雪，听她们聊天。

上房的学生们争先恐后地走出中门，姐姐和吉中也提着书包去学校了。紧接着，京畿嫂家的兴奎先生和美善姐也上班去了。接下来是房东大叔。老太太把儿子送到外院的大门，该往回走了。这时，外院里传来了老太太的叫喊声。

“一大早开始咋回事？我不说了吗，我们家没啥要买的。我不知道你们来卖啥，我们家没啥缺的，啥都有。”

“老奶奶，我们真的不是卖东西的，我们来找住这儿的人。”

外面传来粗重的男子声音。

“你以为谁会上当受骗吗？你们的骗术谁不知道？好，你们说来见人，那个人到底是谁？我去给你们把他叫出来，你们就在这儿等着。别进内院，就在外边等着。”

“我们进去就会有啥不吉利吗？他妈的，你这老太婆，对你客气，你也太过分了。”

缺了一条腿的男子忍无可忍似的骂了起来。

我推开了房门。吉秀仿佛碰上了有趣的事，急忙穿上鞋跑了出去。推开老太太走进中门的，是两个伤残军人。

“奶奶，他们是来找俊浩爸爸的。”俊浩妈妈难为情地说。她正在将洗好的婴儿尿布挂在晾衣绳上。上房原木堆边的竹竿之间有晾衣绳。她迎接两个伤残军人，说：“快请进，孩子他爸在屋里。”

两个中年男子戴着没有军阶的作业帽，身穿皱巴巴的军服。其中一个没有左腿，在膝盖处将裤腿折叠后向上卷起，腋下夹着拐杖。另外一个人因为烧伤，半个脸扭曲，丑陋得让人恐怖，一只眼睛可能失明了，甚至没有瞳仁。

俊浩家的门开了，俊浩爸爸露出了脸。我也跟着弟弟走到了大院。

“韩中士和金下士呀。我不是说了嘛，不要到家里来。大清早的，什么风把你们吹来了？”

俊浩爸爸走向小门，表情显得不大高兴。

“哈哈，真的连中队长都要这样给我们吃闭门羹吗？为了见到中队长，我们一大早找上门来的呀。”

独眼伤残军人豪爽地大笑。因为扭曲的伤疤，他的笑脸看上去更像是在哭。

两个伤残军人进了俊浩家。老太太成了追鸡之犬，呆呆地站了一会儿，自言自语着回了上房。伸出头来向外看的京畿嫂也关上了门。顺花姐抱着一堆要去防川洗的旧衣服，从第三间屋走了出来。

两个伤残军人在俊浩家里呆了半个来小时，然后走了出来。他们出来时正泰先生正坐在地板廊前，一边晒着冬日的暖阳，一边读报纸。那是我扩展订户用的报纸。我也坐在地板廊上，展开姐姐用的地图附图，经过红海，穿过苏伊士运河，进入地中海……我仿佛成了船员，跟美善姐一样梦想离开这个国家，沉浸在无所事事的空想里。

“中队长，一定要去呀。听说不光有午餐费和车费，还发一条毛巾呢。”

拄着拐杖的伤残军人回头，望着跟他们走出来的俊浩爸爸。

“哎呀，我忙于吃饭过日子，没那个悠闲时间，我不是说了去不了嘛。”

“中队长不参加怎么行？勇士们都会聚集在火车站，中队长一定要去啊。”独眼伤残军人说。

俊浩爸爸把两个伤残军人送至外院，然后走了回来。这时，正泰先生目光离开报纸，抬头问：

“朴先生，今天是不是有什么聚会？”

“好像白天在综合运动场举行‘赞成改宪案通过，反共动员大会’。去年春天也举行过类似活动，我没有去。这次让我一定要参加，纠缠不休。”

“已经过了一星期了，报纸上那类报道还没有消失。朴先生，您说那个东西像话吗？总票数二百零二票，其中赞成票一百三十五票，否决票六十票，七票弃权。因为缺一票没通过，做了否决处理，两天后却以四舍五入的小学生算术法，玩弄手腕，推翻原来结果，重新宣告通过了，这成何体统？”

正泰先生指着报纸的一个角落，激愤地说。

“手腕倒是手腕，不过有些拙劣。”

“难道我们是为了让国会施展那种手腕而纳税吗?”

“李博士那个人，不就是为了多当一天总统，宁愿采取那种手段修改宪法吗？坐上那么高的地位，谁愿意轻易让位啊。世上最可怕的欲望是权力欲，世界政治史说得再好不过了。那个欲望才是最高的，它能同时满足其他一切小的欲望。”

“朴先生想参加那个动员大会吗?”

“吃闭门羹的有毛病的家伙们才跑去参加那种大会。参加那种会谁来保证我们一家人的生活?”

“只是因为那个理由?”

“我也是很有性格的人，不过，这世道不是那么回事。也许是因为战后吧，这个资本主义世界太过分了，不把人当人看，只用金钱衡量人。”

“您说得很对。事实就是如此。反共动员大会也是如此。竟然要用钱来收买人，召开很勉强的大会。反共？哼，用反共来把人民，啊，不对，用反共来捆住老百姓的手脚，让老百姓动弹不得，然后自己在半截国家当一辈子帝王。”

正要进自己屋的俊浩爸爸听到正泰先生的嘲讽，似乎想起来了什么，停住了脚步。他走过去，和正泰先生并肩坐在地板廊上。

“看来崔兄不喜欢反共呀。为什么不喜欢反共?”

俊浩爸爸问。虽然是挑衅的语气，声音却很平静。

“一方只鼓吹反共，另一方只宣称亲共，看来很难实现统一，所以才这么说。其实应该不管是哪一方，首先要实现民族统一后再说……”

“依我个人的看法，在现阶段，不是以反共名义把善良的市民们统治成无知粗劣的人，也就是说，以反共第一主义的名义施行刑罚或拷问或恐怖活动，而是在纯洁意义上的拒绝共产主义的胜共动员大会，在刚刚结束了战争的眼下，是非常必要的。”

“对于极右反共主义者，您认为寄予那种希望有用吗？”

“我是说道理上是如此。话说回来，极左势力以反动罪名义处死了多少人啊。”

“是呀，也许是反共的话听得太多了，伤着了，对于我……”

“像崔兄这样的反骨，是难以适应任何体制的。不过，我觉得仅仅是为了提醒正在成长的后代，让他们知道自由的珍贵，还有，像崔兄这样人，不曾拿枪直接参战的精神都是必要的。为什么这么说呢？我觉得，在这个土地上，信奉战争等暴力的人，都应该无条件地消亡。我们的战友牺牲生命，怎么保卫的自由啊！虽然韩国还没有实现真正意义上的自由主义，未能避免政治的落后性，但自由主义并非没有问题。”

“……”

正泰先生紧闭着嘴，只是横眉怒视俊浩爸爸。

“我不参加反共动员大会，与其说是因为李博士以反共为借口企图延长当总统的时间，更不如说因为我的生活状况不如意，不好为那种事抽出时间，而且也没脸面对战友而已。”

“真是善良的小市民啊。我虽然也没有资格在朴先生您这样的人面前多管闲事，阐明我的主张……不过不管怎么说吧，这场战争，的确把反共主义者和亲共主义者确确实实地分开了。战争爆发前，除了带有思想性的某种主义者，同胞之间不是未曾有过如此这般的互相憎恶吗？”

“说得对。在进行维护美国和苏联脸面的代理战争期间，遭殃的只是我们的民族和我们的江山。双方都用别的国家制造的武器拼命打了仗。如果因此而实现了统一，倒也罢了。可是，造成了三百多万牺牲者后，战争竟然如此停下来，只留下了无以言表的、让人喘不过气来的莫大的伤痕，变成了根本找不到名分的战争。有时我只感到虚无，只有内心的惋惜和痛苦。”

俊浩爸爸抚摸着自己的铁钩子手指说。

“听说您的老家在北部，战前在学校当过老师？那么何时参军的？”

“我原来在江原道平康的小学当教师。战争爆发后，我被选为文化工作队成员，来到了解放区后方……”俊浩爸爸说着，突然用了力。“七月，在庆尚北道闻庆战斗时，我投靠了北方部队。经过了简单的审查，我被分配作为俘虏审问官度过了秋天。后来，在永川接受了三个月的短期教育，在第二年的三月，被任命为前线小队长，那是由投降者组成的小队。”

“是呀，为了躲避美军飞机的轰炸来到这里，不过这里也有不少问题。也许是因为社会结构复杂吧，问题更多。”

“听说自五〇年秋天中国军队参战后，美军对北部的空袭很厉害。”

“别提了。北部被完全焦土化了。一开始，美军以军事设施和大型建筑物为轰炸目标，后来就是地毯式无限制轰炸了。小学生为了躲避轰炸，一大群人跑向后山，飞机甚至跟去炸掉那座山。老人和妇女听到飞机声吓得往稻田跑，飞机就反复飞回来用机枪扫射，非得打死之后才离开。不知道那个美国和朝鲜究竟有什么仇，一定要那么残忍地屠杀和彻底毁灭。听说有过那样的报告嘛，美八军司令官向他们国家的总统报告战况时说，用飞机彻底摧毁了北部国土，使那里变成了原始社会……”

“战争前，你父亲做什么工作?”

“在平壤工作。在先桥里经营自己的生产农器具的小规模铁制品厂。”

正泰先生说话时，平壤嫂提着一个军服包裹站到地板廊上，准备去洋鬼子市场。她用军用毛围脖从头一直缠到耳朵，在下巴前扎紧，用毯子做的紧身裤子前系着腰包。

“老大，我不跟你说过嘛，不要说那些左右翼思想的话了。从北部逃难来的难民，有谁在北部是贫困的?来这儿生活就得变成这儿的人。只要拼命挣钱，我们也会有回忆过去苦难生活的那一天的。自己努力了，就能过上不次于别人的日子，不就是这个道理嘛。”

“大嫂说得对。像我们这样一无所有的北部难民，在这陌生的地方，怎么会有很大成功呢？在停战线倒塌，实现统一的那一天到来之前，我们拼命干活，起码应该活得比较好，能消除离别故乡之悲吧。我总是想，我是把我的一条胳膊埋在故乡的土地后来到了这里。虽然我不能找来那条胳膊再接上了，但是我想，我总会有去故乡寻找埋在那里的胳膊的美好一天的。”俊浩爸爸说。

“战争把人都给变坏了。大家都变成了金钱的奴隶，变成了就是在大盗面前也只会卑贱地唯唯诺诺的体制顺应主义者。不管是偷窃或是干什么，人们只有一个念头，快速赚钱，过上富裕生活，不是吗？不过，正直而勤奋地挣钱的下层阶级也未必就能过得好。这种想法正如鷦鷯追白鹳，除了撕裂自己的腿又能有什么结果？”正泰先生说。

“那你是说钱没用吗？除了想过得好一点，在这个大院里，还有啥比这个梦想更重要的？”平壤嫂穿着球鞋，斥责儿子。

“这副德性，在这儿光梦想又能实现什么？太憋闷了，说说而已。”

“无所事事地闲呆着，没事找事瞎操心。闭上你的狗嘴吧。这小子原来好好的，逃难来了之后就变歪了，歪得很。当初不愿逃难来，还不如那时干脆扔在那边好了。竟然骂我这个拉他来的娘，真是的。都说孩子是仇敌，你非得要把你娘的五脏六腑气炸了整死不可！”

平壤嫂甩下一句，把军服包裹顶在头上，拿起长腿木椅大步流星地穿过大院。正泰先生一脸怒气，攥着报纸进了屋。

“问题不少的青年啊。”俊浩爸爸望着正泰先生的背影自言自语。

温暖的天气持续了几天后，天空阴沉沉的，将近中午开始飘落绵绵冬雨。我坐在屋里，剥前一天妈妈买来的腌泡菜用的大蒜。妈妈听到落在简易厨房的油毡纸屋顶的雨点声，对我说：“吉男，后院有旧米袋子，你去盖上木头吧，免得被浇湿。”

“妈，咱家木头都咱劈？”

我用手背搓揉着发辣的眼睛站了起来。

“你是怕让你干吗？”

“不是……”

“房东劈柴时，你好好学劈柴的方法吧。有人还花大钱，费力做一分钱都挣不来的运动呢。劈木柴，那可是一石三鸟呀。又能运动，又不花工钱，又能学习劈柴的技术。”

每当看到靠墙摞着的原木，我就想可能会是这样的结果，如今确认了，我无话可说。

我穿上雨衣爬上原木堆，用草袋子盖木头。这时，开着的中门里，有一个男子背着空背架探头探脑地走了进来。他身穿染了色的军服，头戴狗皮帽，正是房东家拉来原木时，站在木头堆上码木头的胡子拉碴、一脸凶相的来自黄海道的壮汉。他瞥了一眼自己码的原木堆，绕过花坛向上房走去。

“有人吗?”

他站到屋檐下的石阶上避雨，歪头看着大厅的玻璃门里面找人。

“谁呀?”

安氏从厨房里走了出来。

“不认识了吗?几天前码木头的人。”

男子脱下狗皮帽，弯腰行礼。

“真的是你呀。不说十天后来嘛，这么早就来了?”

“不，不是那个意思。下雨了，我就想到了这儿。我想过来帮你们盖上木头，以免木头淋雨。给我草袋子吧，我盖好后就离开。”他咧嘴笑着加了一句，“不要求另付工钱，请不要担心。”

“我正犯愁咋爬到原木上，正想让吉男弄呢，您来得正好。那个仓库里有草袋子和草绳。”安氏说。

男子放下背架，走进仓库，拿着几个草袋和一捆草绳走了出来。他拿着草袋和草绳爬上原木堆，冒雨干活，手脚麻利，很快就干完了。老太太背着手站在地板上，一直注视着男子熟练的手艺。男子干完了活，背起背架正准备离开，安氏从厨房拿来了一大碗锅巴水。

“喝一碗热水再走吧。衣服都湿了，暖和暖和身子。”

“谢谢。”

男子站在上房的屋檐下，两手捧着滚热的锅巴水碗呼噜呼噜喝。喝光了水，他用手抹了一把络腮胡子黝黑的下巴，茫然地望着毛毛细雨。

“这场雨一停，冬将军就要来了。”

房东老太太直到那时一直站在地板上，似乎想掺和点什么，她果然安静地开了口。

“这场雨停了，就给我们劈柴吧。”

“啊，谢谢，太感谢了！我以便宜价钱给您劈柴。”

男子就等着这句话似的，脱下狗皮帽，给老太太敬了两个几乎要弯折了腰的礼。

“长得完全像大盗，看起来却是勤奋憨厚的人。从北部赤手空拳逃难来的人，如果不下点狠心，在这个世道是很难站住脚的。那个年轻人，就是把他光着身扔在雪地里也不会饿死的。”

老太太望着走出中门的男子的背影说。

“我看也是。那个人和外貌不同，看上去很本分。”

安氏接过老太太的话说。

我回到屋里继续剥大蒜。妈妈正在用暗线给裙子扦边，那是绣了鹤的十幅宽的香港产绸缎裙子。

“吉男，你也听到上房奶奶说的话了吧？那个劈柴的人，他那么勤奋，不就揽到活儿了吗？世上没有白来的。那个壮汉为了不让木头被雨浇，自己找来盖木头时，不知道有没有要拿下劈木头活儿的想法，不过不管怎么样，就算是吧，如果奶奶没让那个壮汉劈柴，他不就只能淋着雨踢里趿啦回去了吗？但是他勤奋而且诚心诚意地给人做好事，就被奶奶看中了。白干的活儿，不就变成了挣钱的活儿了吗？人啊，必须在别人眼里被评价说品行真不错。要做到这样，就必须把正直和勤奋放在首位。”妈妈说，她关着门干活，却对大院里发生的事了然于心。

那天，夜幕降临时雨停了。雨后刮起来的风很猛烈。夜里气温骤然下降，从门缝里渗进屋的风是那么寒冷，妈妈甚至用毯子挡了房门。封窗户缝的韩纸在风中一直抖动。家里虽然堆着一堆柴火，那天却没有烧炕，屋里冷如冰窖。我们三兄弟躺在一个被窝里，用被蒙住头，像虾一样蜷缩着身体，靠彼此的体温和嘴里的哈气暖和身体。

隔壁传来了平壤嫂责备正泰的声音。“你怎么把世界看得那么歪，你的那种心态对你的病也不好。”正泰先生没有回答。

“两边都护着，最小的吉秀最享福了。”

“就是。”吉中说。

正如仙礼姐姐说的，吉秀躺在中间，沾了两个哥哥体温的光。

“姐姐你可好了，躺在妈妈和吉中中间。我从进永来得晚，就睡在最冷的墙边，吃大亏了。”我嘟囔说。

“你是咱们家的长子嘛。你要忍耐。”躺在最内侧的妈妈说。

“那也是呀。”我欲言又止。

不管什么事，只要是累的活儿，妈妈就让我干，理由是我是这个家的顶梁柱。我直到结婚之后都常常想，我会不会是从桥下捡来的孩子，或者是爸爸和别的女人生了之后带到家里来的，在我的意识里，一直潜伏着这个疑问。即使挨打时，妈妈也唯独对我特别凶狠，难活重活积攒下来让我干。把我一个人丢在进永，也像是因为我不是妈妈亲生的孩子，我来到大邱后也不让我上学，却让我去卖报纸，追究起这些事来，不能不让我感到委屈。

“吉中你睡觉时咋总钻到我们被窝里呀，鼹鼠似的。睡着觉碰上软乎乎的，肉麻死了。”姐姐说。

“因为哥哥抢我的被呀。”

吉中把责任推到我身上了。

我们家睡觉时脚朝着有灶膛的房门，我躺在最冷的有窗户的墙边，然后是吉秀，之后是吉中。姐和妈妈躺在靠平壤嫂家的内侧，盖一床被。在我将吉秀当作火炉整个的抱在怀里、用他的体温温暖着身体进入梦想之前的时刻是比任何时间都甜蜜的。我睡得很死，没有听到什么声音，听妈妈讲，那天夜里俊浩爸爸又在睡梦中叫喊了起来，似乎是做了战场的噩梦。

第二天早晨醒来，放在炕梢的大碗里的锅巴水冻冰了。也许是蜷曲着身体睡觉的缘故，我全身酸痛发沉，骨关节发出被折断的声音。

房东大叔还没有上班，昨天用草袋子盖原木的壮汉就到了。他没有背背架，只是提着装了斧头和凿子的麻袋。

“天气这么冷，木头还潮乎乎的，怎么劈呀?”

房东老太太望着昨天下雨后大院里形成的冰面说。

“这种程度的冷算不上什么。在我们老家三亭，隆冬季节平均气温经常降到零下三十度。再说稍微潮湿的时候劈木头，损失的少。”

壮汉刚毅而爽快地回答。

“三亭是啥地方，咋那么冷?”

“是黄海道遂安郡三亭面。因为在重重山沟里，那儿四月份也经常下雪。战争爆发前，我在那儿种地，也在伐木场干活。我亲手伐了很多我伸开双臂才能抱得住的大树。”

“这么说来，你劈木柴的手艺应该相当好了。”正在洗碗的安氏伸出头来插话道。

“那还用说，过一会儿您就看看吧。我劈柴的手艺和四处打短工的人是不一样的。”

壮汉把原木堆上的草袋子扒下去，把要劈的原木放到仓库前。因为妈妈有话在先，我便手插在裤兜里，站在阳光照射的暖和的墙壁前，准备看壮汉的劈柴手艺。壮汉首先挑选了一个做枕木的木头。那是没有从根部砍伐的，又可以用来当支架的树杈的很粗的原木。

“咱们现在就开始?”

壮汉看着我，露出络腮胡子中间的发黄的门牙，咧嘴笑了。自此开始，他脸上洋溢的笑不再是开始挣钱的欢喜，而是干活本身的快乐，还有他不仅将劈柴手艺露给我看，而且展示给上房老太太和安氏看的那种自豪的纯朴的笑了。壮汉首先把一根棒槌粗细的，不大的原木段儿放到了枕木上。他在截面察看了一下年轮，打量要下斧头的位置。他朝手心里吐了一口唾沫，举起斧头，照着原木段的顶端正中劈了下去。只一斧头下去，裂纹直达原木段中部。第二斧斧头准确地落在原木段中间裂纹处，原木段露出了白花花的树心，分成了两半。那不是力量的显示，是可以称得上技术的精到的手艺。

"劈得真好呀。看来劈柴也有技巧啊。往哪儿劈，木头那么容易劈开呀?"我问道。

"那当然，当然有技巧了。不是随便往哪儿劈木头都能裂开的。要往年轮密的地方下斧头，有枝杈的木头，正对着节子劈开，斧头才能劈到合适的地方钻进去。抡斧头时，抓斧头把儿的虎口的感觉也不同。如果木头像石头一样弹起斧头，砍不下去，那就是没找好木纹。那样只是费力气，虎口疼。只有感到斧头畅快地钻进木头里，那才是找准了木纹。"

"不过，也得有力气才能劈好木头吧?"

"那还用说。不过只要有举起斧头的力气，利用树木的纹路，不大用力也能劈木柴。木头顺着纹路齐刷刷地裂开，劈柴的人也痛快。"

壮汉的确是痛痛快快地劈原木段。不一会儿工夫，他发红的脸上已经冒出了蒸腾的热气，结了汗珠。壮汉脱去了作业服上衣。内衣不知多久没洗了，灰得几乎变成了黑色。也许是没人给他缝补，两边胳膊肘破了洞。他对自己褴褛的外形毫不在意，附了神力似的拼命挥舞斧头。

黄海道下游遂安地，
为找金矿爬进来，
双趾鬼子吱嘎哒。

黄海道下游遂安地，
为了采伐爬进来，
双趾鬼子木屐子。

五尺短身大门牙，
看到路标雕像受惊吓，
看到老虎再受惊，
屁滚尿儿流……

壮汉哼哼着小调干活。刚刚下过雨，木头应该没有干透，原木却顺着纹路整齐地裂开，没有多少木屑。我望着他愉快地干活的场景，闻到了扑鼻而来的木头的芳香。这回砍几下木头能裂开呢？什么时候用凿子呢？我享受着浅薄的乐趣，全身心地观看壮汉劈柴。他撸起被汗浸透的内衣，露出了干瘪的肚子，平平的胸膛，不知道他的力气从何而来。壮汉每一处露出的皮肉都因为汗水发光。

终于，他把一根原木段放到枕木上，开始往木头上钉凿子。那是一根我抬起来都会很沉的，伸出双臂才能抱住的木头。他用斧头背往木头里使劲砸凿子，木头裂开了纹，他举起斧头找准纹路劈了下去。粗壮的原木段轻巧地裂开了。

老太太和安氏不时观看壮汉劈柴的手艺，来回出入房间或厨房。

“那个年轻人我看得一点没错。长得虽然像大盗，干活却非常卖力气。星州媳妇，中午给壮汉吃饱饭。”老太太对安氏说。

妈妈也偶尔推开门，时不时给我使眼色。我在壮汉劈柴的现场看热闹，权当实习。若是我看别的热闹，妈妈肯定会大声呵斥我回屋学习的，此时却什么都没有说。

“吉男，大冷天怎么站在那儿？我买来饺子了。走，进屋去。”

穿着毛衫的文子阿姨来了。也许是因为没有化妆，她面容憔悴，说话声音有气无力。

“姨妈来啦。”

我高兴地跟她进了屋。我有亲姨妈，但是文子阿姨喜欢我那么叫她，我知道。里面有猪肉和各种佐料的饺子，听到“饺子”，我嘴里就涌出了口水。如果不是文子阿姨时不时买来当零食的饺子，到那时为止，我肯定只是看到中国人大街的玻璃橱窗里的饺子样品，不可能尝到饺子有那么好吃的。

进了屋，文子阿姨一打开包了饺子的纸袋，蜷缩在角落里正打瞌睡的吉秀的眼睛立刻闪出光来，他迅速走到尚有一丝热气的柔软的饺子前。我一眼扫过去，饺子有十五六个，我迅速计算了一下，我的份儿可能有四个。

“吉男，你去厨房拿来酱油碗。”妈妈说。

屋里能指使的只有我一个人，可是面前放着食物偏偏让我跑腿，我不由得生气。我去厨房忙着拿来酱油碗回到屋里，果不其然，三个人已经分别吃掉了一个饺子。

“大姐，人活着的乐趣是什么呀？虽然喝醉了酒变成烂泥回去睡觉，就能忘记世间万事，可是在深更半夜里，因为口太渴睁开了眼，就再也睡不着了。为了解除干呕抽烟，思来想去的，到头来只是想死。我为什么当时没有跟随父母兄弟一起在逃难路上死掉，活下来荒度这样的人生呢？一想到这些，我就觉得心窝堵得不行。”

文子阿姨似乎对饺子都没胃口，吃了一个后，从毛衫口袋里拿出香烟和打火机。妈妈怕火星溅到衣料上，慌忙把衣料推到一边。文子阿姨将烟和叹息混合着喷了出来，睫毛很重的大眼睛里含着泪。

“谁是因为活得有乐趣才活吗？都是因为死不了才这样延命的。如果没有那些孩子，我早就悬梁自尽了，或者吃下河豚鱼子死掉了。别提了，对我来说，过去三年比十年岁月都漫长，我想和那些孩子一起煮河豚吃，一起吃完死掉算了，我想了不止一两次。好几天光喝水的滋味，饿过肚子的人是知道的。死也不容易，只有饿过肚子的人才能知道。”妈妈说，遇上了很好的抱怨对象似的。

“大姐，我昨晚活儿都没出。”

文子阿姨回头望着狼吞虎咽地吃饺子的我，带着牢骚的口气说。

“怎么了，哪儿不舒服吗？可不是吗，你脸憔悴了不少呀。”

“昨天早晨去医院回来后，我蒙着被哭了一整天。下身出血不止……”

“行啦，别吃了，那些留下来给仙礼姐姐和吉中尝尝吧。”妈妈把剩下的六个饺子用纸袋包了起来，然后看着我，说，“吉男，你去姨妈家借来斧头吧。你也像那个壮汉一样劈柴试试吧。有些事，就是男人干的，你不是我们家的长子嘛。”

妈妈和文子阿姨各自吃了一个饺子，吉秀吃了三个。我已经吃了四个饺子，终于能够浑身轻松地站起来了。我正要走下地板，听到了文子阿姨压低嗓音说的话。

“我又打掉了孩子。已经是第二个了……心里散乱，身体酸痛发沉，今天也想休息。别人都说是花一样的年龄，可是在这腻味的世道，不知道要在酒桌边过多少年……最近，我更加怀念战前在汉城生活的岁月了。我想父母，想兄弟，还有班里孩子们……虽然连照片都没留住，都被大火烧毁了，只能在脑海里浮想一下他们的面孔，只有梦一般的回忆……”

姨妈家在通往药典巷的路口。姨妈嘱咐我注意点，不要弄坏了斧头刃。我把斧头扛在肩上回了家。肚子也饱了，我想去送报纸前试着劈一劈木头。回到家，我把劈木头的场地选在了我家前面。我按照看到的，挑选了一块做枕木的木头，在我家木头堆中挑出一根中不溜的木头，放到了枕木上。我学着壮汉的样子往手心里吐了唾沫。

“手上别太用力，小心脚。弄不好会伤着脚的。斧头不要举太高，首先要对准木头正中。”

劈木柴的壮汉回头看着我说。

劈木柴没有看上去的那么容易。劈开木头段倒在其次，要使斧头刃准确地落在木头中央就是一大难题。我双手抓住斧头把，把斧头举过头顶，垂直往下砍，斧头却不能正中圆木头的中央，木头弹了起来。就像动物或鱼没有正中要害当场毙命时，叫着疼痛弹跳起来一样。我看你赢还是我赢，我发着狠举起了斧头。斧头却常常是干脆落了偏，劈在冤枉的枕木上。

劈木柴对于年少的我来说，无论如何都是够难为的了，我时不时以埋怨的目光看我家的门。“看来你怎么都不成，别弄了。”我希望妈妈看到我糟糕的情况说。“弄不好呀”，“看来真的不行”，我不住地叨咕，妈妈肯定在屋里听到了，可是，房门最终也没有打开。

“裁缝家也太过分了。怎么能让那火柴棍儿似的年幼的孩子劈柴呀。别说劈柴，弄不好会劈自己脚的。”

京畿嫂推开门露出脸来说。

我跟劈柴的壮汉借来凿子，模仿他的样子，用斧头背往木头中间砸凿子。固定住凿子后，用斧头背猛劲砸，木头才裂成了两半。我劈的第一根劈柴到处是伤疤，枕木周围散落了一堆木头碎片。木头碎片倒是可以当引火柴来用，没什么浪费的。

壮汉不时看我劈柴，也许是实在看不下了，朝我走过来。我恳切地期待他跟妈妈说，这孩子劈不了柴，我以便宜的价格给你劈柴，但是，他好像跟妈妈一个鼻孔出气似的，根本没有看我家的门。壮汉手把手教我劈柴的技巧。

“就当我的力气跟你一样大，你看，我费劲地这样举斧头，让斧头像自己落下来一样，对准了劈木头。”壮汉说着把斧头举过头顶，然后让斧头自己落在原木中间。的确新奇，他没有用力，木头却因为斧头落下来的重力裂开了缝。然后再次以同样的方式在裂开缝的地方落下去，第三次落下去时，原木仿佛自己敞开胸怀似的裂成了两半。

“人世间的事，光用力气弄不能成的事也有很多。即使像项羽那样的壮士，举起岩石砸也砸不死蚂蚁的情况是很多的。劈木柴也一样。斧头不能摇晃，要稳稳当当地落下来，劈在原木的正中央。”

壮汉把斧头递给我，让我按他做的方法试一试。正如他说的，这个活对于我来说是不那么容易，不过当我往下劈的时候，将斧头刃对着瞄准好的地方，不很用力，木头果然再没有弹起。

“真费劲呀。”

我擦着额头的汗说。

“练练吧。反复做就会掌握要领的。我们老家村子里，像你这般大的孩子，劈柴也干得很好。”

我真正领会壮汉说的话，是在上高中二年级，第一次握乒乓球拍的时候。虽然乒乓球拍和球，跟斧头和原木的重量无法相比。一开始，将轻飘飘的乒乓球准确地打到对方的桌面很费劲，跟斧头刃比较起来，乒乓球拍的面积大多了，乒乓球却总是落在别的地方。那是因为手上过于用力，调整不好乒乓球拍和球接触的角度。刚开始学台球时，同样是越用力球就越弹到一边，或者打得不顺畅，道理是一样的。我在农村中学当了一年老师，那时学校里有一个网球场，我第一次用过网球拍。为了战胜球拍的重量，我用力抡起球拍，球就跑向别的地方，就是因为没有合理地分配力量，而恰到好处的力的分配，只有通过长期练习才能掌握。但是，这些道理我当时是不可能悟出的。

文子阿姨回去后，吉中从学校回来了。不知不觉间到了中午。妈妈从屋里出来进了厨房。吃着午饭，妈妈对我劈柴的事也闭口不提。为了咱们一家在寒冷的冬天不被冻死，你必须把那些木头都劈好，我在妈妈的默默无语里，感觉到了妈妈的固执所隐藏的含义。我吃过饭走到外边，安氏正端着给劈柴的壮汉准备的饭桌，从厨房走出来。

“您在哪儿吃？”安氏对壮汉问道。

“就放这儿吧。我就在这儿吃。”

“天气这么冷，怎么能在外边……”

“没关系。干起活来就不知道冷了。”

“就那样吧。寒冬腊月是不把陌生的客人让进屋的。”

屋里传来了老太太的声音。

后来我才知道，在整个寒冬腊月，房东老太太除了接待亲戚或是值得款待的客人，基本上是不让人进屋里的。卖东西的或是临时当差的人来了，她就让他们站在房基台下，从地板上俯视来人，办完事就让人离开。其理由是避免外人把虱子带进屋。

蜂窝煤普及之后，有呛人的煤气，加之市民注意个人卫生，服装也干净了许多，虱子渐渐藏起了踪影。但是在五十年代的冬天，正如寒冷一样，无论城市和农村，市民们都因为成群的虱子而受罪。当时人们不分时间和场所，只要有点空闲，所有的人都不分彼此地到处抓挠。坐在朝阳之处抓虱子的乞丐，在城市里随处可见。车站里，美国救护团体每隔三天就用 DDT（ 杀虫剂 ） 给市民们猎虱子。有顶棚的车身上画着红十字的两台小卡车停在车站，穿着白大褂的西洋男子和女子戴着口罩，通过连接软管的喷嘴往排队的市民们后背、前胸，甚至胯下喷 DDT 粉。

“虱子一夜爬过几个村子。虱子哪能在冻僵的地上爬呢，都是人带走的。所以过去有钱有势的人家，厢房里有客房，内房里也有专门让客人住的房间和被褥。”有一次老太太讲到虱子时说。

壮汉在劈柴场地旁边铺上草袋子，接过了饭桌。他跟安氏要了大碗，将豆芽、菠菜、泡菜和饭统统倒进去，加上辣椒酱拌了起来。我放弃了劈柴，呆呆地望着他那狼吞虎咽的吃相。我不是乞丐，却觉得没什么比看别人吃饭更有趣的了。

“你家也是避难来的？家属丢在啥地方了，一个人跑来到处找家属呢？”安氏跨坐在水塘边的石头上问壮汉。

“我不是逃难来的，是当人民军参战后当了俘虏。去年六月释放俘虏时，从巨济岛放出来的。听从老家来的朋友说，我们家都逃难到南部来了，所以我也决定留在这儿了。这一年半来，我在釜山、马山、大邱到处跑，可是还没有找到家里人。”

“很想念妻子孩子吧？”

“别看我年龄这么大，可也不能对大处男说那种话呀。我至今一直找父母和兄弟姐妹。”

“哎哟，是吗？对不起，失礼了。”安氏红着脸响亮地笑了，“再盛点儿饭吗？还有剩的饭。”

“有的话再给点儿吧。白菜干儿汤很好吃。这是我离开故乡后第一次吃用豆粉熬的白菜干儿汤呀。还有，您去市场时，请给打听一下从黄海道遂安郡三亭面来的周家人。我叫周亿术。”

我挥舞着不得章法的斧头和原木段搏斗，安氏跟她絮絮叨叨地聊天。安氏说战争爆发后，八月份丈夫被征兵离开了家，在她收到第二封信，也就是收到丈夫的最后一封信的四个月后，丈夫变成骨灰回了家等等，她说她结婚后的第二月把丈夫送上了货车，却是她和丈夫的最后一面。两个人说战争毁灭了我们的人生，深有同感，他们憎恶战争，互相安慰，说要战胜艰难的岁月活下去。房东老太太看不惯外人男女之间的那般交谈，走到了大院里。如果不是她走出来，他们的话题会持续下去的。

撤了饭桌，周氏拿起抽剩的烟头点燃，抽完后重新开始劈柴。那天，我送完报纸回到家，周氏还在干活，他正在把劈好的木柴漂亮地码在酱缸台旁边的围墙边上。把大院打扫干净后，他说明天一早就过来便离开了。那天晚上我因为挥舞斧头，肩膀和腋窝酸疼得无法入睡。

第二天，我和周氏一起从早晨开始劈柴。正泰先生昨天外出不在家，今天去厕所途中看到了我和原木正搏斗。

“吉男，看来你还是力气不够。来，让我试试。”

正泰先生从厕所回来后站到我面前说。这时，我家的房门打开了，妈妈露出脸来。

“小伙子，你身体不好，不能那么用力气呀。那个病，休息是最好的药，是很娇气的病啊。”

“再怎么说用这点力气，该好的病能不好吗？”

我本以为妈妈对正泰先生坚毅豪爽的话无言以对，会关上门的，但是并非如此。这时，妈妈毫不客气地说道："我说小伙子，对于正在成长的孩子，不能助长他的依赖性。他自己应承担的事，不管怎么样都要靠自己弄出结果来。如果谁替他干活变成了习惯，将来碰到别的事，他也会习惯地期待别人帮助的。"

正泰先生似乎对妈妈的话感到很意外，"啊"了一声，做出稍许吃惊的表情，把斧头还给了我。

那天，我劈木柴的技巧有所长进，晚上睡觉也不像前一天那么难受了。我自己摸上去，瘦胳膊也像铁棍子一样坚硬。

周氏用了四天时间劈完了两卡车原木。我劈整整一个冬天都劈不完的活，他轻松地做完了，还干干净净地收了尾。傍晚时，他收下房东老太太的表扬和工钱后离开了。离开时，他给连工钱都收不到的年幼的同行留下了一句话："把劈柴当作显示力量的人，很容易伤到自己身体。死树也有树心，要好好哄着它。到了明年，你也能成劈柴能手的。今天你劈得就不错嘛，再见吧。还有，你也别忘了黄海道遂安郡三亭面的周家。以后我经过这儿，会时不时过来看看的。"

一九七五年四月三十日，美国结束了历时二十年的越南战争，将西贡交还越南的那一天，我在电视里看着那震撼人心的画面，突然想起了在深院大宅时期周氏留给我的话。

第七章

房东老太太提出要求腾出一间下房的事再次成为话题，是进入十二月之后。这一次是在生意场上当机立断久经沙场的刚烈女强人房东大婶亲自出马了。

“主人大婶让下房的所有人都到厢房来，说是有话要说。”

安氏来到下房，对四户人家挨个转达召唤命令，已经是比较深的夜晚了。安氏走到每个屋，附带一句说可能是要讲腾出一间房的事。

“哎哟，现在真的要落下晴天霹雳了。不知道让哪一家腾出屋。”

妈妈脸色蜡黄，放下手里的活儿站了起来。妈妈手脚颤抖了起来。妈妈出去后，我向黑暗的外面望去，俊浩妈妈、京畿嫂、平壤嫂正在向上房走去。

“要是让腾出房，咱们去哪儿呀？”

我问仙礼姐姐，她却只是盯着展开在饭桌上的书，没有回答。我常常因为劈木柴和送报纸累得筋疲力尽，吃过晚饭就打瞌睡，那天却格外精神。如果只有我们家失去可以挡风避雨、可以休息和摆饭桌的房屋，走上大街，那是沦落为乞丐的捷径。

乞丐肯定不会生来就是乞丐。不能在别人冷漠的目光下得到保护而流落街头，寄居在大街，那就是变成乞丐的前兆。我见过许多在大桥下或是河边铺上草甸子生活的，不是真乞丐、却艰难地度过每一天的家庭。只要去七星市场的桥下，就能看到那样的人们。他们分明不是乞丐家族，人们却把他们看作是和乞丐差不多的群落。可是在这样的冬季里，我们一家似乎连那种大桥下面的地方都找不到，即便能够找得到，漂亮女人们也决然不会带着针线活找到用破草甸子当作围墙的屋里。

我因为担忧而畏缩，频频推开房门，观察灯光明亮的上房厢房，焦急地等待去上房的妈妈回来。姐姐和吉中似乎也无心学习，无精打采，频频倾听外面传来的脚步声。也许是三十瓦的电灯不够亮，看书的姐姐那天很特别，跟妈妈一样总是揉眼睛，后来抽泣了起来。只有吉秀钻进白天也始终铺在炕上的婴儿被大小的被子里，身体蜷缩成一只大虾睡觉。再怎么说吧，离上房最远的我们家总不会被赶走的，我自我安慰。

二十多分钟后，从上房传来了叽叽咕咕的说话声。我打开了房门。大人们正从上房的厢房走向大厅。

“仙礼妈，很遗憾。抽签在道理上是公平的，谁也不好埋怨谁。房东大婶也当互助会会长，为决定领取互助金顺序搞抽签时，我也有过好多次拿不到急需的一笔钱感到很难过的时候。可是除了忍耐能有啥办法呢？左右变通变通，也会出现意想不到的可通融的钱的。租房子不也一样吗？一开始会觉得眼前一片漆黑，不过过了一二天，就会出现能凑合住的房子的。”

从大院走过来，京畿嫂对垂着肩的妈妈絮絮叨叨地说。

听到她说的话，我眼前一片漆黑，不仅仅因为外面天黑。仙礼姐姐一直憋住的哭声爆发出来，正是那个时候。显然，妈妈在房东大婶拿出的四个纸条中抓了最不好的纸条。平壤嫂跟着妈妈走进我们家，抽泣的姐姐也许是不想让人看到她的哭泣，向门外走去。

“仙礼妈，别太伤心了。是运气不好。对于腾出房屋的人，少收一个月房租，还给搬家费，也不好光埋怨房东太残忍吧。没有自家房子的人可悲呀！我也到处打听打听，一起找找住房吧。”

平壤嫂安慰说。但是妈妈的耳朵似乎听不进她的话，只是呆若木鸡地望着墙壁。从厨房里传来了姐姐的小狗哀叫似的抽泣声。

“在这样的严冬里，要在壮观洞附近找房子，就像上天摘星星啊。看来哪怕是借姐姐家的下房，也只好凑合着挨过这个冬天了。这也不知道能不能成。姐姐家也有四个孩子，在这样的冬天，让人家六口人住在一个屋里，那怎么行呀。早晚见到姐夫，即便脸皮再厚吧，这脸往哪儿放呀……冬天放假后，把两个孩子送到进永去呢……”

妈妈束手无策地嘟囔时，我头脑里猛然闪现出一个想法。我清清楚楚地听到了房东大婶对金泉嫂说过的话。

“妈，金泉婶好像也得腾房，咱家搬到那个店铺房不行吗?”

“啥?”

妈妈含着泪的眼睛突然闪出光来。

“房东大婶催金泉婶快腾房子，金泉婶说半个月内腾出来，我听到了她们说的话。”

“你听到她们说的话多长时间了?”

“大概半个月了。”

没等我把话说完，妈妈推开门一阵风似的出去了。我跟着平壤嫂一起走了出来。仙礼姐姐和我向着妈妈消失的中门悄悄走过去。我们悄然走进金泉嫂家的厨房，竖起耳朵，倾听从店铺里传来的声音。

“我现在是必须离开姐姐家，可我一打听，才知道姐好像已经定好了要进来的人。”金泉嫂说。

“那个人是谁?”

“听说是宝金堂的郑技师。他家住在内唐洞，听说骑自行车上下班来回要一个钟头。郑技师在汉城时，也在首饰店工作，逃难来后他家也租房住。他媳妇说来看看自己要住的房屋，背着孩子到这儿来过一次。”

“把房子腾给郑技师？金泉嫂离开这儿要去哪儿？”

“我和姐姐约定住到这个月后腾出来，可是原定要搬去的家还没有腾房，所以我搬不走。他们原来说几天后就要搬到汉城去，行李都打好了，可是他们一天天往后推，已经过了一星期了。他们也是汉城人，他们好像收回借给各处的钱后才能离开。”

“那我跟那个郑技师求情，哪怕只住到解冻的时候，那就可以了吧？我是说金泉嫂搬走后我先搬到这儿。”

妈妈的声音有了活力。

“那样互相方便倒也不错。估计姐姐也会理解。”金泉嫂的回答很平淡。

第二天早晨，在房东大婶上班前，妈妈让我带路去了宝金堂。宝金堂在市内最繁华的松竹剧场前面，妈妈一个人也很容易找到的，但是家里的男人属我最大，所以把我当作依靠带了去。走进宝金堂，有一个短发的侍应生早到了，正在打扫卫生。不一会儿，在自行车后座上捆了饭盒的郑技师到了。

“对不起……您是郑技师吧？我是住在宝金堂社长家下房的人。”

妈妈红着脸说，害羞得不像她这般年纪的人。

“啊，是吗？我听说了，有事吗？”

“是这样，听说郑技师一家要搬到房东大婶的店铺房里……”

“那个房子约好要腾出来的，可是已经过了一个星期了，那个叫金泉嫂的人还没有腾出来。金泉嫂是社长的亲戚，我只好忍着，可是人怎么能那么不讲信义呢？大嫂回家也给催促一下吧。”郑技师反而请求说。

“可是……我想，郑技师可不可以过了这个冬天后，搬到那个店铺……”

“什么，大嫂有什么权利干涉我们家搬过来搬过去？”郑技师以吼叫的口气追究道。

“我，我不是那个意思。其实，是我带着孩子们靠赚针线活儿钱过日子，可是在这寒冬腊月里，突然让我们腾出房子，我实在是急死了，所以……搬到远处活儿就没了……”

妈妈仿佛是受处罚的学生，畏畏缩缩，我再也无法忍受妈妈的姿态和声音了。尤其是我最不愿意听“赚针线活儿钱”。每当听到京畿嫂偶尔说“妓女针线活儿钱”，我的脸上就火烧火燎的。我感到很羞涩，悄悄离开了宝金堂。听郑技师的口气，看来事情不会很顺利。我把手插在裤子口袋里在路上晃悠，等待妈妈从宝金堂里出来。

转眼间学生都进入学校了，早晨的繁华街道很空寂。我站在松竹剧场前，看宣传栏里的美国电影剧照。正在上演的是美国西部电影。我不理解，大人们怎么会花钱买票进电影院，拍着巴掌看洋鬼子骑在奔跑的马背上开枪打印第安人的场面。在北朝鲜统治下的汉城，地上飘扬有红星的旗帜，天空却总是被有白星的美国飞机占领。飞机不分昼夜对汉城中心区倾泻炸弹和机枪扫射，许多没有来得及避难而生活在汉城的人在空袭下死亡或者受伤，房屋被烧毁，年幼的我无所畏惧地观看了那些场景。从一九五〇年到现在，已经过了四年时间，可是回想起来感觉战争真的很恐怖。如果美国人杀害印第安人的那个时代也有飞机，美国人会以同样的方式杀害和平生活的印第安人的。

我看了一会儿西部电影剧照，朝宝金堂望去，发现妈妈和郑技师站在宝金堂前的路边。似乎有要背着侍应生说的秘密，妈妈和郑技师商量着什么，挨得很近。似乎谈得挺不错，可是妈妈一诉苦，郑技师就仿佛没必要听诉苦似的转身走向宝金堂，妈妈就偶尔抓住郑技师的胳膊。虽然郑技师是有妻儿的堂堂家长，但是，那个场景在我看来的确不顺眼。

不知道要说的怎么那么多，时间拖得几乎让人不耐烦了，两个人才似乎达成了某种协议。不知道为什么，郑技师像送客人一样毕恭毕敬地行了礼。妈妈也羞涩地笑着弯腰行礼。如此一来，一直做不好想象的我，因为那个想象而羞臊，对自己发了火。

妈妈眼里似乎没有跟在旁边的我，只是沉思着往家里走。妈妈脸上充满了忧虑，我甚至怀疑，我以为圆满解决了的事是不是后来又搞砸了。妈妈还偶尔动动嘴唇数数。

“妈，房子的事和郑技师谈得咋样了？”

走过了韩国银行大邱支行前的十字路口，我忍无可忍地问。

“真是小汉城。吝啬鬼也是刻毒的吝啬鬼！竟然一个月要六百元，四个月，不就是二千四百元了吗？月租快到两袋大米钱了。”妈妈恨恨地吐了一句。

“啥？”

“啊，是这样，郑技师那家伙提出，作为三月末为止不搬来的条件，每个月另外付给他六百元。”

“啥，六百元？给房东付房租，竟然还要再给不是房主的郑技师那么多钱……”

“能咋办呢？俗话说口渴的人挖井，处境困难的咱们除了忍耐又能咋的？咱们不是离开了壮观洞，就到了连糊口都不可能的处境吗？”妈妈说着用手背擦眼泪。然后用哀婉的声音继续说，“吉男啊，如果你爸爸在，咱们能受这般委屈吗？你看我一个女人家靠针线活儿过日子，郑技师不是瞧不起人嘛。我让他给我减一百元，他说绝对不行。他说要一个星期内搬过来，狂妄叫嚣。我咋能和那个男人对抗啊！抽签也是，我哭着叫着哀求我不参加抽签，说不管别人家咋样，咱家的处境在这寒冬腊月里不能搬，可是房东老婆不知道是不是完全忘了让我买进劈柴的事，根本不听我说的。果然，反对抽签的我就抓了最后剩的纸条。吉男啊，路只有一条。你要长大，像斑竹一样快快长大，发挥男子汉的作用。那才能解除你这孤零零的寡母抚养你们的悲伤和艰辛。”

对于妈妈的话，我无言以对。即便我以后长成大人，也不能保证在所有的竞争中均能战胜对手。我通过做报童和送报员，亲眼看到了世事的艰辛，过早地知道了人和人之间的关系是多么利己，要赢得生存竞争有多么困难。正如妈妈说的，如果我要成为全家依靠的顶梁柱，就得踩着他人站起来，那么，单凭正直和诚实是困难的，同时必须具备实力、体力、努力，甚至还要加上贪婪、狡猾和能说会道。我觉得我根本无法实现妈妈的夙愿。如果我不能变成女人，则希望岁月尽快流逝，让我变成白发苍苍的老人。我开始有这种想法正是在那一天早晨听到妈妈的话之后。到了参军的年龄，那个心愿达到了顶点，我几乎因为自己没有生为一个女人而怨恨。对于平安地度过三年士兵生活，我没有信心。我一拿到入伍通知书就想到了参军、转业、找职业、结婚，然后养活妻儿这些显而易见的未来。我立刻暗淡了起来，希望自己尽快变成老人，从对我抱着期待的所有人的目光里逃出来，变成不被关注的对象而生存。我真正羡慕的对象，是那些只要有吃有住就能够在公园和大街上无所事事地打发时间的老人。

“吉男，咱家每个月给郑技师六百元的事，对谁都不能说呀。我和郑技师约好，这个事对房东大婶保密，所以你也要彻底保守秘密。男人要像男人似的口风紧，才能得到君子的评价。”妈妈说。

那天傍晚，日头西落夜幕降临的时候，穿着用动物毛皮制作的高级大衣的房东大婶回到了家。在回上房之前先到了我们家。她把妈妈叫到了地板廊前。

“仙礼妈，我都听郑技师说了。那仙礼妈就搬到外院的店铺房吧，和上房近的京畿嫂搬到这儿就行了。但是约定就是约定，过了冬天，到了三月份就一定要把店铺房腾给郑技师呀。所以，仙礼妈过了春节，你就要事先打听好要搬走的房子呀。”

“是，我那么办。谢谢您给了方便。”妈妈弯腰行礼说。

“我没想到郑技师会那么宽宏大量。他说，听到孤儿寡母的，靠针线活儿供正在长大的孩子们上学的困难处境，他作为同样是养育孩子的人，实在不忍心那么绝情。听到郑技师的话，我觉得他心地太好，就给他买了二斤牛肉让他回去给孩子们吃。”

听到房东大婶的话，我真想立刻跑到宝金堂，对郑技师说不要收每个月六百元的月租金了，我觉得这样说了心里才会痛快，虽然我没有那个勇气。我即便像妈妈说的像斑竹或萝卜一样迅速长大，我也没有那般勇气和胆识。房东大婶留下一股化妆品的味道后回了上房。平壤嫂听到了消息，安慰妈妈说轻松地解决了问题，很好。妈妈勉强抑制住比我更沸腾的愤怒，没有回答平壤嫂的话，只是默默地把牙咬得嘎嘎作响。

第二天早晨，俊浩妈妈出去卖水果之前，先来到了我们家，提出我们住他们的房，她们搬到外面的店铺行不行。她说如果金泉嫂腾出房子，俊浩爸爸想在那个店铺卖烤红薯。

“一来孩子他爸不好意思在人来人往的大马路上卖东西；再说，我们想俩人有一个人留在家里好一点。把俊浩一个人留在家里，我们在外面跑总是放心不下。”

“我不是不知道俊浩家的情况，不过那个不行。你也看到了，进出内院的客人不都是出入我家的年轻女子吗？上房老太太每次看见找我家来的妓女就瞪眼，让我如坐针毡，我咋能搬到上房鼻子底下的俊浩家呢？尽管只有几个月，看不到老太太的那种眼色，我心里轻松多了。即使过了冬天后彻底离开这个宅院，我也要先搬到外院的金泉嫂那个屋里住。”

妈妈一口回绝了俊浩妈妈，她一句话没说就离开了。不过俊浩妈妈没有就此断了念头，当天卖完了东西，晚上她又到了我们家。她拿出三个卖剩的带疤的苹果让我们吃，然后说她和俊浩爸爸商量过了，住房仙礼妈使用，他们只用店铺，作为条件，他们每个月给我家一百五十元租金。她说反正解冬后仙礼妈就要搬家，哀求妈妈给她哪怕是四个月的便利。如此一来，四个月后她家也要腾出店铺的，此后怎么办她没有说。妈妈做出对她的恳求无可奈何的样子，说跟房东大婶商量一下，如果房东允许就那么办。

“俊浩妈，只用店铺，我收一百五十元的事要保密呀。如果你答应保密，我就跟房东大婶说一说。”

妈妈要报复在郑技师那里所受的损失似的，斩钉截铁地说。对我反复强调要将正直视为生命的妈妈，在金钱面前终究不过是个平凡的女人。

“那个秘密当然要保守了，咱们彼此接触过，您也知道我和丈夫都是口风很紧的人。”

俊浩妈妈表情明快地离开后，妈妈擤了一下鼻涕，拍打着胸膛说战争把我变成了如此冷酷的娘们儿啊。

“我痛骂郑技师那个混蛋，可是为了挤榨出可怜的俊浩家的钱，竟然要把不属于自己的店铺租给她。这世道，为钱发疯的娘们儿啊！我咋变成这么厚颜无耻的娘们儿呀，可恶的世道啊……”

妈妈没完没了地倾诉发泄。“可恶的世道”是妈妈常说的话之一，不过，活在“可恶的世道”的人，不只是深院大宅的下房的人们。

碰巧，就在这个时候上房差不多同时出现了两次不光彩的骚动。

自从卖报纸后，我曾多次在市内中心大街上，看到过房东大儿子成俊哥和能当他姐姐的穿着华丽洋装的俊俏女人一起溜达的情景。当然有时换成年轻姑娘。能当他姐姐的女人，是三十六七岁的战争未亡人，他们之间的关系像熟透的红薯一样发烫后，传闻传进到他父母的耳朵里。他父母严厉命令他和寡妇断绝关系。“你他妈小伙子要娶有两个孩子的寡妇吗？你要怎么样？你不马上断绝关系，打断你的腿。”房东大叔尖利的叫喊偶尔传到了下房。京畿嫂对下房的人们传播说，那个女人是即将停战前战死的陆军中校的未亡人。这一骚乱刚刚消沉下来，成俊哥又因玩弄“五星织物”的年幼女工，惹出了乱子。

一天傍晚，房东大婶刚刚回到家，正准备吃晚饭，那个女工的爸爸找上门来了，他用手指着房东老太太和房东大婶高声叫骂。当时成俊哥和房东大叔刚好还没有回家。

“怎么，你们觉得有点臭钱，就可以把我们土包子的人生不放在眼里吗！你们怕丑闻传出去开除了她，让她安静地等一阵儿，答应做好善后处理，可是过了半个月，你们竟然脸都不露。我女儿寻死吃了安眠药，你们知道不知道！难道我女儿的生命还不如邻居家的一条狗吗？我女儿变成这样，勉强被抢救过来后，我这当爹的才知道事实真相。你们快把成俊那个家伙带到我面前来！我一定要得到他明明白白的说法，他要怎么对我年幼的女儿负责。孩子的肚子一天天变大，将来到底要怎么办！”

头上顶着帽子，身穿破旧作业服的男子喝醉了酒，他在上房折腾了两个多小时，甚至打碎了大厅的玻璃，肆无忌惮地闹腾。房东大婶把安氏叫到一边说了什么。如果不是接到安氏的报警后立刻赶来的中央派出所巡警把那个男子拉走，那天深院大宅的人可能一整夜都不得安宁。

“我一定要告到法庭，要给成俊那小子戴上手铐！”女工的爸爸在被巡警扣上手铐离开时挣扎着叫喊。

为了跟父亲要零用钱，成俊哥经常出入父亲的会社，由此结识了那个女工，不知房东大叔如何了结了成俊哥和女工的关系，女工的爸爸再也没有出现在深院大宅。作为这一问题的后闻，是京畿嫂散布给下房的消息。京畿嫂跟当侦探似的，喜欢刨根问底，不知道她如何哄骗了安氏和房东老太太，终于打听到了支付补偿金的事实。

“财大气粗的人家，一万五千元不就是个零头儿吗？只要十天不去妓院，他们兜里就能省下一万五千元。这世道，只要有钱，上帝的鸡巴都能弄来炖吃。”京畿嫂说。

据说，成俊哥跪在父母面前，写下了以后再也不打女人主意、专心读书的保证书。

某一个星期天的大白天，在温暖的阳光下，美善姐坐在地板廊前读英语会话书，顺花姐织毛衣，我旁听到了她们的聊天。

“姐，几天前呀，抓住了三个夜里闯入PX的小偷。那是三人小组，其中有一个年龄接近俊浩妈妈的女人。”美善姐说。

“三个人都给收拾得够呛吧？”

“姐，哪只是收拾得够呛啊。你知道美军宪兵能把他们怎么样吗？美军宪兵让他们蹲了三天牢，没引渡给朝鲜警察就放走了。”

“碰上了心肠好的美军，真是幸运。”

“什么幸运呀，放他们走的时候，在他们脸上涂了红漆，在衣服上写了god’dam’korean。”

“往脸上涂油漆？丫头片子似的，那不太过分了吗？拿肥皂洗也洗不掉？油漆脱落前哪儿都不能去，他们咋办呀？”

顺花姐焦急地说。

我仿佛自己被涂了油漆，脸上的肌肉发僵，不由自主地用手抹了一下脸。那脸上被涂了油漆的三个人，除非肉皮被扒掉，否则红漆就是过了一个月，不，两个月也不会脱落的。我的眼前隐约浮现出女人为了擦掉鲜红的油漆，用力搓揉皮肤的样子。

“可是姐，你知道两个美国宪兵放走女人之前干了啥吗?”

“听说大鼻子只要见到围了裙子的，哪怕是老太太都会垂涎三尺。不说也知道，你就留在肚子里吧。”嘻嘻笑的美善姐换了话题，“话说到这儿了，顺边说一句，那个房东的老大，几天前我去学校的路上，在第一教会前截住了我。他说有话要说，进面包店里坐一坐。”

“那你去了吗?”

“我说上课要晚了，可他还是不管不顾地抓我的胳膊，我好狼狈，只好跟了进去。他说明年准备去美国留学，想让我在他去留学前教他英语会话。”

“借口倒不错。”

“可是前天我去上学的路上，那个风流种又在第一教会前等着我，突然递给我一封信。”

“恋爱信?”

“嗯。说什么美善是沙漠里的绿洲啦，是一朵粉红色的玫瑰花啦，咱们跨过蔚蓝的太平洋做一对青鸟比翼双飞去留学啦……真让人笑得捂肚皮。”

“又不是高中生，那叫什么句法呀，下流幼稚。对女人发了疯的杂种。狗习惯还没改过来呀。看来他对你的身条贪婪得眼睛都绿了。你小心点，他年龄不大，可不是一般的狼。”

“干脆还不如贫困的工薪阶层呢。上房的小媳妇日子怎么受得了？那个浪荡子肯定把女人圈在家里，一直在外边疯的。想起来就让人寒战。”

“看来你也有点意思呀。都担忧起小媳妇日子了。阴险的丫头。”

“他就是拿来千金，我也不愿意。我讨厌轻浮的男人。”

正如京畿嫂说的，两个姑娘聚在一起，就不知夜半更深，叽叽喳喳没完没了，可以聊到天亮。她们各自干着自己的事，闲聊了一个多小时。

主人大叔两口子惊天动地的打架事件，发生在美善姐讲故事的第二天。当时夜已经很深了，中门处传来了房东大叔怒气冲冲的叫喊声。

“你进不进来？你真要这样吗！你也知道丢脸，还死犟。”

我坐在房门旁边，正在看从图书出租店借来的名著丛书，听到叫喊声，我开了一点门缝。冷风迎面吹来。黑暗中，房东大叔拽着房东大婶的皮毛大衣前襟，正在从中门拉进内院。

大婶小声说着什么，抗拒房东大叔，房东大叔却硬要把她拉向上房的厢房。

厢房里争吵声此起彼伏。房东大叔的声音高出很多，房东大婶也不服输似的，一再顶嘴。

“有房子，不愁吃穿，就以为没啥可担忧的了。可是富人也有富人的忧患呀。你们以后出嫁和娶媳妇后，千万不要夫妻打架呀。互相让着点儿，理解对方，有啥可打架的事呢？家庭有矛盾是万般不幸的开始，使应该白头偕老的夫妇关系出现裂痕。”

妈妈转动着缝纫机对我们说。

哗啦啦。

有什么东西破碎的声音从厢房里传了过来。我再次打开一点门缝，朝上房看。上房大厅灯火通明，老太太正走向厢房。上房传来了房东大婶哭着顶撞丈夫的声音。京畿嫂披着毛衣站在地板廊，双手交叉在胸前望着厢房。下房的其他人家也开了一点门缝，房间里的灯光在大院里留下了一道道光柱流泻在地上。

“你应该知道羞惭吧。你做了啥好事，还在那儿挤眼泪。在孩子们面前不害臊吗！”

房东老太太比任何时候都更加气势汹汹地训斥儿媳妇。

“我嫁到这个珍视后代的家族，连生了三个儿子，把他们养那么大。我有什么错？我为了孩子的将来出面做事，你说我干了什么羞耻的事？”房东大婶夹杂着哭声抗议道。

第二天早晨，房东大婶没有去宝金堂，一整天闷在厢房里。京畿嫂为了挖掘房东夫妇打架的原因问了安氏，安氏也好像回答说不知道。京畿嫂为了探听实情，在老太太和安氏去市场磨辣椒面时，甚至给她们提着辣椒口袋跟了去，仍旧无功而返。

"老太太为了保持神秘缝上了嘴，啥都弄不出来。她只是骂儿媳妇，说如果是我们年轻的时候，早就被赶到娘家去了。女主人好像犯了啥事儿，而且好像是大事儿。可是不像出了轨。我怀疑是不是她弄的啥互助会之类的破产了，难以收场，就跟她丈夫伸了手。说不定是她太贪婪，挪用会里的钱买了金银放在宝金堂，没来得及换出现金来……最近，如意算盘破碎的事像什么流行似的，哪有啥可信的会主啊。"京畿嫂对妈妈说。

到了第四天，房东大婶才结束了蛰居，去宝金堂上班了。她虽然化了浓妆，眼眶还是有发青的痕迹。在房东大婶出勤的早晨，房东老太太似乎耐不过京畿嫂执著的追问，道出了儿媳妇的不良行为。我劈着柴火，听到了两个人坐在向阳的大厅角落里说的话。

"……不是有那个嘛，男女贴着身体跳舞的地方。她在跳西洋舞的地方抱着别的男人跳舞时，被丈夫发现了。"老太太说。

"听说从去年光复节开始，全国都关闭了舞场，还有那种地方吗？也是，地下舞场可能躲过警察的目光暗地里继续营业吧。可是老人家，您的儿子是不是下班后偷偷跟踪了儿媳妇呀？”京畿嫂问。

“那我倒不清楚，反正是在跳舞的地方，他把儿媳妇抓出来，拉上吉普车带了回来。”

“跟儿媳妇跳舞的是什么人？”

“听说是警察署的人。都说养野汉的，有张嘴，辩解倒挺像回事儿。她说是老大总惹麻烦，想把他送到美国去留学，做身份调查时遇到了麻烦，为托人办事变成了那样。谁知道？”

“是呀，舞厅是个藏污纳垢的场所。战后，不知道怎么搞的，跳舞的风气那么盛行……老奶奶也听到传闻了吧，有个风流倜傥的流氓，在舞场专门诱骗女人，光是睡过觉的姑娘就有三十多人。那个流氓手册里记载姑娘们的联络电话，光是上大学的大家闺秀就有一堆。出入裁缝家的年幼妓女们也那样，如今的年轻人的贞操就跟旅馆里擦脸的毛巾一样。我也有长大了的姑娘，我时时刻刻嘱咐的，就是让她珍重身体，其他的话有啥用？时代变化太快了，现在是像我这样的老古董跟不上趟儿的世道。”

“末日呀末日！我们过媳妇日子的时候，就是作威作福的人家的女子也不能出门呀。即使到哪儿外出，也必须用盖裙①盖住脸坐轿子。自从西洋风俗盛行起来，三纲五常就崩

① 旧时朝鲜女人外出时为了区别内外而盖头部和上身的围裙。——译注

溃了。大城市更严重。为了眼不见这种丑态，我要么去乡下，要么就得死掉……”

老太太用拳头捶打着腰站起来，走进屋里。

金泉嫂终于腾出了房屋，我们要搬到外院的店铺房了。虽然要搬去的地方就在同一个大院内，也没有多少东西好搬的，家里连个衣柜都没有，搬家的什物都是大包小包的杂货。当我把东西拿出来放到外边，竟然在屋里和大院里堆了一大堆，我甚至不知道从哪儿开始搬，把哪个东西该放到哪儿。妈妈因为下午要交的活儿，忙得在搬家的散乱之中依旧坐在缝纫机前干活，如果姐姐和吉中帮帮忙会好一些的。可是他们都是堂堂的学生，那天早晨都背起书包理直气壮地去学校了。我不得不一个人搬家。

“吉秀只会捣乱，让他和俊浩出去玩，吉男你一个人搬吧。你就把东西搬过去找个地方放着就行了，整理东西我来弄，我尽快干完活就过去。要下雨了，你抓紧吧。”妈妈给上衣扦着边儿说道。

难道是为了拿我当苦力把我带到大邱来的吗？我心里嘟囔着，仰望天空。天空浓云密布，天气阴沉，冷飕飕的。如果哩哩啦啦下点小雨，拿出去的东西就要乱套了。都说带来的孩子或捡来的孩子因为各种各样的事儿多悲伤，我正在伤心呢，却传来了妈妈讽刺的声音：“你那么不愿干活，中午就饿肚子吧。”“不给饭吃就不给饭吃吧，我今天真的报纸也不送了，离家出走。”我心里想，却将灶台上的餐具一件件放进筐里。

“吉男够你忙的呀。那些劈柴还要搬到外院去。”

走到大院的顺花姐看着我说。

顺花姐变得好让人吃惊。一大早，她没有做早饭就出了门，把原来扎成辫子的长发剪短后烫了发。她穿着白色上衣和紫色裙子，脚上穿了平跟皮鞋，而不是平常穿的胶鞋。她的装束不同寻常。

“姐，今天去啥好地方呀?”

“故乡虽然去不成了，不过是个好地方。吉男你以后长大了，也会和漂亮姑娘相亲的。”

同行的平壤嫂好像也把买卖搁置一边了，换掉了往常穿的军服，穿上了外出的朝鲜衣裙，还化了妆。

“你们真不错呀，逃难来这儿，把女儿也要嫁出去了。顺花出嫁后快让正泰娶进媳妇吧，好让新媳妇在家洗军服，持家过日子。”京畿嫂蹲坐在灶台前，洗着洋铁盆里的餐具说。

“你也是，儿子再长一岁之前早点娶儿媳妇吧。他有好职业，要当媳妇的会排成队的。”平壤嫂接过话头说。

“不用你费心了，我们家已经有相好的了。”

京畿嫂伸着腰站起来，往裙子上擦手上的水，放了一个柳笛似的响屁。

我把家里的杂物搬到外院，来回跑了六七趟。这时，头上围着毛巾的金泉嫂拿着包袱从店铺房的小门走了出来。

“吉男，我家的东西都搬完了，炕也擦干净了。要放进屋里的东西你可以拿进去了。”

“那您就彻底离开了吗?”

“是呀，我们去七星洞。”

“福术呢?”

“可能在外边。”

我通过小门走到店铺外，胡同口停放着装了大包小包家什用具的手推车。我以为和顺花姐一起去相亲的正泰先生穿着邋遢的作业服，屁股跨在手推车手把上。福术站在他旁边，嚼着塞满了嘴里的面饼看我。

“吉男哥，我们搬家了。和妈搬到好地方去。”

“吉男，我这就走了，你跟内院的人们转达一下问候吧。烙面饼的筒要转让给俊浩家，就放在那儿了。”金泉嫂环顾了一圈店铺说。她总是满脸恐惧，犹如阴沉的天空，布满了忧虑。

正泰先生拉手推车，金泉嫂在后面推，三个人顺着长长的胡同走去。正泰先生和金泉嫂看上去宛如一对夫妇。那是假如被平壤嫂看见，必定会是让她大发雷霆的场景。

金泉嫂如此离去，对于下房的人们倒无所谓，不过她要是和房东沾亲带故，起码应该跟房东老太太告别的，她却像躲避债主一样悄然离开了。在我看来，城市的搬家没有人情味，很无聊。我在故乡时，在火车站的下手，有十来户用草甸子做围墙和屋顶的难民家庭，当他们为了投奔故乡往北搬家时，可不是这样搬家，邻居们一直送行到火车站，彼此拉着手，眼里含着泪依依不舍地道别，念叨不知何时再见面。

我回到内院，跟妈妈说金泉嫂已经把家什装在手推车上搬走了，妈妈对此也很惊讶。

“那娘们儿真怪。我做了啥对不起她的事儿了吗？打个招呼走就不行？”

妈妈说了一句，然后继续做缝纫活儿。

如果我也就此永远离开家，不知道妈妈会不会那么说，“那小子真怪。当娘的做了啥对不起他的事儿了吗？打个招呼走就不行？毕竟不是从我肚子里出来的孩子，就是不一样呀。”妈妈根本不会想出去找我，而一定会这么嘀咕着继续转动她的缝纫机的。不过，我即便离开家，和要搬到七星洞的金泉嫂不同，我无处可去。直到那般年龄，我一次都不曾和朋友们打过架，玩的时候，至多不过是和我一样怯场的朋友搭帮结伙玩石弹。对于我，任何事都不可能随我所愿地大胆付诸行动。妈妈已经摸透了我优柔寡断的性格，所以才让我做报童，任意怠慢我，我到了成年后才醒悟到这一点，而在当时，我委屈的心情无处诉说。

从下午开始，妈妈和我一起搬家，相亲回来的顺花姐也过来当帮手。妈妈问小伙是干啥的，顺花姐红着脸说是陆军中尉。

“那么春节前就要举行婚礼了？”

“对方的故乡也是平安道，就兄弟俩到了南部……对方的部队在釜山，哥哥在洋鬼子市场卖旧货，好像是他哥哥搭的桥。准备结婚用房和结婚费用也不是小数目，或许明年春天差不多……”

“顺花相中小伙了吧？”

“军人不都那样吗？看起来像是挺暴烈。彼此家里都挺孤独，所以商定要抓紧，不过……”

“顺花出嫁后肯定会好好侍奉丈夫，日子过得很精明的。你心肠好，又勤奋。”妈妈说。

“可是因为对方是这边的军官，哥哥坚决反对……”

“将来要一起过日子的是顺花，只要顺花喜欢就行。不在一起过的哥哥有啥用呀。”

吉中和姐姐从学校回来后也帮忙搬家，到了掌灯时分，我们才把家里的东西大致整理到了外院店铺房里该放的位置。晚饭比平常晚了两个小时，妈妈说都辛苦了，比往日多做了饭，让全家人吃个够。店铺房比原来的下房稍微宽敞一点，面向邻居有个窗户。晚回家的房东大婶往屋里看了一眼，说“搬家了呀”。将近子夜时，俊浩爸爸拉着装了烤红薯用的油桶的手推车回来，在店铺门前咳嗽一声找妈妈。他对推开门向外看的妈妈说，想从明天开始用店铺。

“这下住单独房屋了，清静了，真好呀。完全像自己的家了。不知道咱家啥时候能住上自己的房子，要是能在这儿一直住到那时该多好呀。吉男快点长大挣钱，那时也许咱们能有自己的房子吧？那该是猴年马月呀？可恶的世道要尽快过去呀……”铺褥子前，妈妈用抹布擦着炕说。

我们原来住的屋，按房东大婶说的，本应该是离上房最近的京畿嫂家搬过去的，可是她说那个把边儿的屋离下水道近，夏天有味儿，拒绝搬过去，后来俊浩家二话不说搬了过去。京畿嫂搬到了俊浩家，空出来的京畿嫂的房子变成了成俊哥的书房。如此一来，只要一开门，美善姐和成俊哥就能经常碰面了。结果，究竟谁得了利谁吃了亏不得而知，不过对于成俊哥搬到隔壁，京畿嫂流露出了不满的气色。

“怎么回事，不是说大脑瓢没有自己的屋，才要用下房的一间屋吗？怎么把老大的书桌搬过来了？隔着一个木板墙，大小伙子住在隔壁，连屁都不能随便放了。”

京畿嫂牢骚满腹，却因为是根据她的要求搬到隔壁的，她很是无奈。当晚，从PX下班回家的美善姐气得连蹿带跳，埋怨她妈没有搬到仙礼家住过的屋。也许是因为没脸再次变卦，搬来搬去地折腾，京畿嫂一言不发。

从第二天开始，在我家屋前的店铺里，俊浩爸爸摆上两个油桶卖烤红薯和烙面饼。俊浩妈妈卖完东西，回家吃过晚饭就到店铺一直帮丈夫到子夜。我用了两天时间将我家烧柴搬到了外院。在此期间，我劈木柴毫无长进，甚至不能及时供应烧火用劈柴。

搬到店铺房的第五天，过了十二月中旬后，在整个深院大宅里我们家最后腌了泡菜。每当路口有挑着货担卖鱼露的人走动，叫喊“卖虾酱，卖银鱼酱了”，妈妈就说咱家也要尽快腌泡菜，可是因为手头的针线活儿积压得太多，妈妈抽不出时间来。

腌泡菜那一天，大风呼啸，天气出奇地寒冷。妈妈开始做针线活之前大清早去了廉价市场。妈妈常说，只要有了泡菜，冬天就不用其他菜了，妈妈买来了三十五棵大白菜和五捆萝卜。白菜没有心儿，净是绿叶和帮子的下等货，难以切成四瓣，不过和下房各家腌二十棵左右相比，我家的泡菜量多了一倍。妈妈买来那么多做泡菜的料，还捡来人家当垃圾扔的发蔫的白菜叶子和萝卜缨子，顶在头上拿回了一大堆。妈妈用草绳将白捡来的垃圾似的白菜和萝卜缨子捆起来，挂在通风好的地方。那是一冬的汤料。

要开始做泡菜了才发现自来水成了问题。自来水是按时间供给的，水龙头又被冻死了，每每到了冬天，连饮用水和洗衣服都不够用，我们不能不为洗白菜的水而担忧。不光是房东，就连京畿嫂和平壤嫂都从卖水的人那儿买水腌了泡菜。俊浩妈妈买了白菜后，干脆在防川洗菜，用盐腌好后拿了回来。因此，我们家也只能买水腌泡菜了。但是，妈妈绝非是花钱买水用的人。

“炫耀历经三代过豪华奢侈日子的人家，怎么连水井都没打？没办法呀。吉男，你去姨妈家借来挑水的担子，去中国学校挑水来吧。听说那儿的压水井出水不错。铁桶装满了你可能弄不动，每次就装半桶挑来吧。挑三次才够腌泡菜的。”妈妈对吃完早饭的我说。

穿过长长的胡同，在钟路大街中间部位，有大邱市规模最大的中国料理店——群芳阁。中国学校在群芳阁的对面，距离深院大宅有三百多米远。可是妈妈命令我去挑水，我不能不去，因为我不干活就要饿肚子。我为了借挑水的担子，只好去了姨妈家。

妈妈说过的话任何时候都是坚决执行，如果她说了要我饿肚子，就一定会饿肚子的。如果说今天晚上干完活你要挨鞭子，那么，当晚妈妈必定会拿起荆条鞭子。“疼也不要乱叫，太吵了，隔壁睡不了觉。如果你不咬牙忍耐，就把你赶出家门，不管你在哪儿睡觉。”妈妈警告后，然后使劲儿抽我的小腿，抽得小腿肚子上留下一道道血痕。

我对学校的守卫点头哈腰，百般哀求，才勉勉强强要了一担水。我很清楚，第二次一定会在门前遭到拒绝的，我怎么也迈不开步。那时我想到的是用送报后剩下的用来扩展订户的免费赠阅报纸。我拿上两天的报纸，送给了守卫老头儿才得以要来了两担水。

我在凛冽的寒风中挑水，耳朵被吹成了通红的鸡冠火辣辣地疼痛，我的肩膀往下沉，两腿摇摇晃晃。这些还算不了啥，最可怕的是沾了水的手，冻得让我难以忍受。一开始手指红肿，后来发青，手指好像要断掉似的钻心地疼痛。送报纸时，我可以把手插在兜里走路，但是挑着水走路，如果手不抓住水桶的绳，水桶就会像钟摆一样来回摆动，而且水在桶里晃荡，无法正常迈开腿。我走一会儿就停下来休息，用哈气暖和手指，依然无法减轻疼痛。我甚至想，如果继续这样疼下去，手指会不会变成石膏。在房东家老疙瘩所拥有的东西中，我最羡慕的东西就是柔软的皮手套，退而求其次，我哪怕戴上棉手套也好多了。因此，那一年的腌泡菜和冻手，长期留在了我的记忆里，那寒冷跟我参军后在大岩山前线的铁栅栏前站夜岗时，要冻掉鼻子的寒冷不相上下。

那个撒了很多盐、抹了只用辣椒面和捣碎的大蒜瓣的佐料的泡菜，腌制当天的味道，无论是那时也好，还是在如今也好，都没有什么差别。那个时代吃的刚刚腌制的泡菜的味道，那才是迄今为止最甘美的味道。直到今天，我一想起那个泡菜，嘴里就涌起口水。我拼命地用手撕泡菜吃，吃得好几天大便时肛门撕裂般疼痛。那不是把泡菜当菜吃，而是把菜当成饭，贪嘴地吃泡菜。因此，大便里混合着没有消化掉的红色泡菜，甚至不能正常地断掉后落进粪坑。

每到凌晨，我便肚子难受得早早跑进厕所，以至于我后来决心不再看装泡菜的碗，只把饭泡在水里吃。就在这样受罪的某一天凌晨，我正蹲在厕所里抱着疼痛的肚子吭唧唧吭唧唧使劲，外面传来了两次催促快点出来的京畿嫂的叫声。

“听说昨晚也没有回来吗?”

京畿嫂在问谁。

“该问的地儿都打听过了，还是找不到。听说对逃避者的管束很严厉，我想是不是被冤枉地抓到了宪兵队，跟警察署也联系过了。”

顺花姐忧虑地回答。

“去永川那边的难民收容所了吗？正泰为了找故乡的人，不光去防川，说不定还去那儿了呢。”

“我正想今天坐客车去那边看看。”

正泰先生可能两天没回家了，我猜想。我来到深院大宅后，他一次都没有在外面过夜。他怎么了，是不是在哪儿不注意乱说话被抓走了？想起正泰先生经常流露对社会的不满，我不由得也担心起来。

吃了早饭，一如往常，我对于和妈妈面对面坐着感到无聊，便走进了店铺。头顶无檐帽的俊浩爸爸正在一个油桶上烙面饼，在另一个油桶上烤红薯。

“和在大街上卖相比，在这儿卖咋样？”我问。

“卖两种东西，能凑合着吃饭。哪怕是这样的店铺呢，有自己的就好了。什么时候能实现了统一，回老家去呢？当然，如果被北部统一了，像我这样的南方伤残军人，在那个社会可能受到冷遇……”

“啥时候卖得最好？”

“说不准。不过到了肚子饿的夜晚，胡同里的人经常来。也有下班路上买一袋儿走的。说来还是傍晚好一点。”

俊浩爸爸的右手是铁钩子，残疾前他主要用右手，所以左手用起来有些笨拙。他用健全的左手对付两个油桶，很有些忙乱。他把棉手套戴在健全的手上，以我短浅的看法，他买一副手套能比别人多用两倍。我不由得想起了听别人说的话，买面饼来的胡同里的孩子们，一碰到俊浩爸爸直眉瞪眼的目光和铁钩子手，吓得都不敢买，慌忙逃跑。那时的俊浩爸爸的惨淡表情，用不着想象。做生意，还是俊浩妈妈更胜一筹，几天前的早晨，她挨家挨户走访了壮观洞长长的胡同里的每一家。她说成了伤残军人的孩子他爸，在小区店铺卖面饼和烤红薯，不要给孩子们吃对牙不好的饼干或糖果，请光顾我们扩大了一倍的店铺吧。战前在学校当老师的人，因为战争失去了胳膊，老家都不能回了，大家应该给予同情吧。俊浩妈妈的宣传的确有说服力。满脸雀斑的消瘦的脸，柔和的声音，正如房东老太太说的，她看上去就是心地善良的可怜的女人。她做了宣传后，俊浩爸爸的生意果然大有起色了。

“面饼和牙基模哪个更好卖?”我问。

“还是烤红薯好卖。”俊浩爸爸停下手里的活儿，望着我说，“你是日帝统治末期才出生的，什么叫牙基模?光复已经快十年了，那种鬼子的话竟然还没有消除。大人们嘴里习惯了，说牙基模呀便当呀什么的，说也就说了，可是受过咱们国家教育的孩子们不能用那种话。知道了吗?”

我吓得直颤抖，无话可说。我默默地看俊浩爸爸烙面饼的手艺，突然想起了凌晨在厕所里听到的顺花姐的话。

“正泰先生那个人，他两天没回家您知道吗?”

“没有。为什么，为什么没回家呀?”

“谁都不知道。”

“被抓走了吗?”俊浩爸爸自言自语。他似乎也马上有了这种推测。

“不知道。他咋样了呢?”

“那个人，聪明倒聪明，可是有那种想法怎么能……如此混乱的岁月，有棱角的石头容易碰上呀。”

俊浩爸爸自言自语似的嘀咕。

过了四天后，正泰先生依然没有回家，行踪缥缈。京畿嫂坐在俊浩爸爸的店铺前，说正泰和金泉嫂的关系出奇地近乎，说不定在哪儿过同居生活呢。平壤嫂找不着儿子，似乎也怀疑儿子和金泉嫂是不是在哪儿同居。不过，深院大宅里的人，谁都不知道金泉嫂搬到了什么地方。没谁想知道金泉嫂的去向，只是含糊地听她说过要搬到七星洞去。我看见了正泰先生帮助金泉嫂搬家的情景，我也怀疑他是不是黏糊在金泉嫂的出租房里，但是我没有跟去过，所以我也无法知道金泉嫂的家。

光是七星洞，就有数千个低矮的拥挤不堪的大大小小的平民住宅，虽然战争已经结束了，那些房屋里还都有一两户租房住的难民。从洗衣场防川流淌下来的河水横穿那个洞，形成了新川，在新川的堤堰上，蟹壳似的平民用木板房鳞次栉比，密密麻麻，逐门逐户搜寻十分不容易。但是，顺花姐从防川洗衣服回来时，经常抽空去七星洞，还去那儿的市场和西门市场找她哥哥。

“到这么遥远的地方来避难，竟然又成了离散家族，真让人伤心得没法活了。”白跑了腿回来的顺花姐说。

临近大学考试，正民哥全身心地投入学习，几乎通宵达旦，他也一放学就四处去找哥哥。他的目标是汉城大学法学院，周围的人们都说，以他平时的实力，考取是轻而易举的事。

第八章

大街上，收音机店里飘荡出圣诞歌曲，第一教会大院里立着喜马拉雅雪松，上面挂着五颜六色的纸绳、画在硬纸板上制作的圣诞老人和棉花球。

每当我在寒冷中瑟瑟颤抖着送完报纸，走过夜幕降临的松竹剧场，在绚烂的灯光下，不知从哪儿弄来钱的人们打扮得俊俏时髦，比肩接踵，那繁华大街不愧是一道风景线。只有在那个大街上，年底旺季的昌盛景象尽收眼底。

——一家五口煮河豚汤集体自杀。

——年末酷寒冻死者接连不断。昨天仅大邱一地冻死四人。

——难耐饥饿将孩子卖给中介所的无情父亲被拘留。

——孤儿院少年拒绝一日一餐集体出走。

……

报纸上，此类报道首尾相连。但是，在那华丽的大街上，我时常能看到成俊哥依然挽着穿洋装的漂亮姑娘的胳膊溜达，还有换上便装和朋友们出入面包房的东姬姐。不过彼此相遇时，我先垂头躲避。我不是找他们，我要找别人。我在找正泰先生和金泉嫂。可是不仅在哪个大街，在我送报的区域里，任何地方都见不到他们。入秋以后，脸上有刀疤的汉子再也没有露面。

每月的第四个星期天，松竹剧场附近的金银首饰店和钟表店都关门休息一天。那天早晨晚些时候，房东大婶却穿着皮毛大衣，围着狐狸围脖出了大院。因为那天不送报纸，下午我就坐在店铺前，晒着冬日的暖阳，读借来的金来成的侦探小说《怪奇的书贴》。房东大婶回来了，身后带着一个十来岁的短发女孩儿。女孩儿穿着格子花纹的宽大的美制救济品大衣，下面露出小腿，穿着破球鞋。她头上落着白花花的虮子，惨白的脸上长着干癣，很像我送报纸时经常见到的孤儿院的孩子。她眼睛闪亮，小嘴紧闭，看上去很精灵。

“劈——木柴了”，过了一会儿，胡同里传来了拉长音的叫喊声，我转过头伸脖子看去，是穿着工作服的背背架的脚夫。带狗皮帽子的人走到跟前，我才看出是胡子拉碴的一脸凶相的周亿术。

“您好，中队长先生。”

人民军出身的周氏对“敌军”军官俊浩爸爸敬了礼，开玩笑地问好。

“有六天了吗？最近过得不错吧？”

“还好。中队长先生，最近没见着黄海道遂安郡三亭面的人吗?”

周氏说。那是他见到任何人都要问的话。

“你这人，再不要说中队长了，让人笑话。还有，如果我碰到你家里人，能不告诉你吗？怎么样？说要去浦项那边看一看，没什么结果吗?”

“谷山，见了一位来自那重重山沟里的人。对故乡的思念倒是抒发了，但是遂安……”周氏说了之后转向我问，“你劈了多少柴?”

“没有，太费劲了，每天劈一点。”

偶尔出入壮观洞胡同的周氏有一天曾对我说，那些木柴两小时就能劈完，他免费帮我把我家的木头给劈了。不过从正泰先生想劈柴时被妈妈当面斥责的教训来看，他的话根本就是白说，分文不值。“你就那么没事干，非要抢着干我家孩子一石三鸟的事吗?”妈妈肯定会当面驳斥的。我没有将他的话传给妈妈，拒绝了他的好意，说我自己继续劈。

“今天上午搬了四次东西了，用面饼对付一顿饭?”

周氏放下背架，跨坐在店铺的门槛上，抓起一张冒着热气的面饼，一口咬了下去。他连一间屋都没有，把火车站前的难民所当住处挤在人堆里睡觉，以他的处境，不可能给我吃一张面饼的。我咽了一口唾沫。我瞥了一眼他的吃相，他抓起第二张面饼，掰一半给了我。

“你吃完这个，叫来内屋的星州媳妇好吗?”

周氏闪动着汗孔依稀可见的大鼻子，不好意思地笑了。

我瞥了一眼我家的门，在店铺靠里的门把手旁，一扇装了巴掌大的玻璃的门。玻璃内侧很黑，里面传来缝纫机转动的声音。妈妈一而再再而三地强调不许吃别人给的东西，我的手却不由自主地伸向了那半块面饼。我经过店铺的灶台走到外院，在外院吃光了面饼。然后走进内院。上房的厨房关着门。厨房的门原本总是开着的，我好生奇怪。

“安氏大婶不在厨房吗?”

“女孩子在洗澡，小伙子不能开门。”安氏在厨房内说。

厨房里传来哗哗的冲水声，我以为安氏在烧了热水洗澡。屋里传来了安氏清亮的笑声。在整个深院大宅，能够发出没有任何忧愁的欢笑的，只有安氏一个人。看来她洗着澡也在玩水。在夏季的某一个晚上，我偶然看到了在厨房里站着弯腰洗上身的安氏，我又想起了那模模糊糊地显露的厚实而柔软的腋窝。

“大婶，到，到外面来一下，有人找。”

我不由自主地红着脸磕磕巴巴地说。

“谁呀?”

“出来就知道了。”

我走到了外院。不一会儿，安氏擦着手上的水，把脸伸进了店铺。安氏脸上没有洗澡的痕迹，反而让我感到尴尬。

“周氏来啦，看你笑嘻嘻的样子，有啥好消息吗?”安氏问。

“枯叶般漂游的命，哪会有什么好事。吃着面饼，想起了星州媳妇，所以找您了。在我劈柴的四天里，您给了热饭和好菜啊。那是我来南部后，第一次吃的好饭，睡梦中也不时想起来。常言说忘了苦难时得到的恩德狗都不如，这次我就用面饼或牙基模款待您吧。不管什么，您喜欢就吃个够吧，钱您不要担心。”

周氏用粗糙的手抹了一下沾在络腮胡子上的面饼屑。

“不知道在哪里捡到瞎了眼的钱，还是破了啥钱，既然让我吃，我就得吃呀。周君，谢谢。”

安氏在油桶盖子上抓起拳头大小的烤红薯，开始剥皮，掰一半递给了我。我急忙接过来，又朝我家的门瞥了一眼，然后咬了一口冒着绿豆色热气的烤红薯。甜甜的红薯很好吃。那天我的气运里可能是有口福，我吃了两次白来的零食。周氏拿起水壶，在水壶嘴下接水喝。

“俺去市场也努力找黄海道遂安郡三亭面来的人，可是找人真费劲呀。这么小的地盘都这么费劲，在美国那样的大国天地里，要是一家人分开了，真不知道该咋找。”安氏对周氏说。

“我想，我在大街四处寻找着走路，也许会听到‘癞蛤蟆，你原来在这儿啊，你当兵没有死，还好好活着啊！’我总以为我妈会突然在哪个地方出现，可是不容易啊。虽然都说狭窄，可是在对我来说太辽阔的南部天地里，找起人来不是一般的困难。”

周氏在门槛上站起来，拍了拍手。

“我们家也来了失去了父母的孩子。女主人从孤儿院带来了一个丫头，她那么脏，我正在烧水给她搓泥巴，哎哟，锅巴也没有那样的锅巴呀。跟火柴棍儿一样干瘦的身上，脱去了四五层泥巴，全身只剩了瘦骨嶙峋的骨头。所以我对那个孩子说，你这失去父母的苦命的孩子，我要把你当成亲妹妹，一年内把你养得胖胖的。”

“是，应该那样，您说得很好。关照可怜的老弱者和孤儿，上帝会记住您的功劳的。”

周氏给俊浩爸爸付过钱，背起了背架。在此期间，俊浩爸爸一句话都没有说，脸皮微微抽动，做出含着羞涩或某种感激的奇妙的微笑，他用残疾的手把生红薯放进火炉口里，或是看柴火，或是翻面饼。

还去哪儿呢？周氏嘟囔着，抬头仰望晴朗的冬日天空。

“大婶，奶奶找您。”

房东大婶从孤儿院带来的叫玉的女孩儿，找到店铺来对安氏说。上午跟在房东大婶屁股后面进大院时，还像随脚踢到的毛栗子的孩子，在安氏的精心关照下变得干干净净，获得了重生。她穿着朝鲜衣裙，脸白净得眉头间几乎显露出了蓝色血管。

“真的，到了该去市场的时间了。今天要买好多东西……”安氏自言自语，叫住了告别后要离开的周氏，“周君，后天早晨来吧，我用珍馐盛肴好好款待您。我用大鱼大肉招待，保您几天不吃饭都不饿。”

安氏咧嘴无声地笑了。

“家里有什么盛宴吗？或者祭祀？”

“后天是圣诞节，明晚叫啥依夫还是依波尔？反正明天晚上家里要举行盛宴。对了，不叫宴会，好像叫派对。听说邀请了十五六个人，大厅肯定会塞得满满当当的。听说明天还请来中国料理店群芳阁的两位一流厨师，专门制作派对料理呢。”

我睁圆了眼睛。我虽然不知道安氏所说的派对是什么样的，光凭她说的，我的心就荡漾了起来。明亮的灯光下，摆上装了满满的各种食品的碟子，飘荡柔美的音乐，穿着华丽的人们笑声朗朗……富人们的那种游戏世界，不能不说是想象起来都让人心跳的，美轮美奂的情景。我觉得二十四号晚上，光是去上房看那光景就不会寂寞了。

掌了灯，夜幕降临后，顺花姐和正民哥才拖着疲倦的腿回了家。整个星期天，他们一直都在四处寻找正泰先生，现在才回来。姐弟俩的脚步很沉重，表情也同样沉重。

“今天又白跑了吗？”俊浩爸爸望着他们俩问道。

“在西门市场，我们见到了和哥一起上平壤师范学校的朋友。他说最近不知道消息，听说有个叫基福的和哥哥要好的朋友在汉城当教师，不知道是不是去见那个朋友去了。他说哥哥曾经说过很想见那个人。”正民哥说。

“金泉嫂呢？”

“今天也没找到。俊浩爸爸，这时候怎么做才好呢？”

头上戴着围巾的顺花姐一脸哭相。

“又不是孩子，都是大人啦，干吗那么四处找。到时候他自己会找回来的。”

“他身体又不好，这么冷的天……”

“姜刑警那个人，今天又来了一趟。问知不知道金泉嫂的消息。”俊浩爸爸这时才想起来似的说道。

吃过晚饭，我在暖和的油桶旁取暖，想起了长得尖嘴猴腮的姜刑警。他也和平壤嫂家人一样在寻找金泉嫂。不，姜刑警是通过金泉嫂在追踪脸上有刀疤的汉子。

第二天下午，我照常向大邱日报社走去。天气寒冷，我把手深深地插进裤兜里，缩着肩往前走。大街上随处飘荡着圣诞歌曲，结束了上午课程的学生正在回家，塞满了道路。每当看到穿校服戴校帽的学生，我就像犯了什么罪似的让开路，紧贴着路边的房子走。学生们说明天就放假了，兴高采烈地叫嚷。城里的学校从二十四号开始放寒假。在卖新年挂历和圣诞贺卡的商店里，净是女学生在喧闹。我既没有送贺卡之处，也没有收贺卡的道理，我只是漠不关心地望着那些挑选漂亮贺卡的女学生。我无法控制我凄冷的心。我低头看着地面走路，我看到了妈妈第一次给我买的球鞋，球鞋已经在修鞋匠那儿粘了两次，胶底却还是张着嘴。

报社的后院里，送报纸的少年们一边等报纸，一边踢着泄了气的足球玩耍。依然看不见汉柱。入冬天气冷下来后，他妈妈病倒了，不能卖咸菜了，年方十三岁，如今成了家长的汉柱，不得不更加拼命地挣钱。他不仅卖口香糖，还卖美国产的水果糖、巧克力、铅笔，甚至卖指甲刀和耳勺之类的东西。

报纸出来了，孙先生开始向中部地区的送报员分发报纸，这时，汉柱才红着脸喘着粗气跑了过来。他像卖面饼之前的俊浩爸爸一样提着小手提包。

“你小子，天天迟到。一个订户他妈的都不能扩展。”

两颊深陷的孙先生看着汉柱，骂了一句。

“大叔，可是没流失固定订户的送报员，只有我一个呀。扩展说起来容易，连吃饭过日子都困难的大冬天，哪有新的客户呀。”

汉柱的回答一如往常，顺畅而痛快。

“你妈好点了吗?”我问了汉柱。

“昨天我第一次带我妈去了医院。说是什么心脏病。是呀，就是战前妈妈去墓地时，一走上坡路就很费劲儿。后来因为战争吃不上，又受了惊吓，又干了很多活，所以得了心脏病呗。现在，只能是靠我拼死拼活地挣钱了，我担子很重呀。”迎着冬季的冷风，汉柱的脸上还流着汗，嘴里喷出略带口臭的热气。

“吃了药吗?”

“买了几天的药……听说好好休息，睡好觉是最好的药。我妈喘不上气来，好痛苦，我在旁边看着真着急!”

“我也帮不上你啥忙……”

“帮啥忙。你们家过日子也那么难。”汉柱露出虎牙咧嘴笑了，“最近对我是旺季呀，有圣诞节和年底呀。这时候不拼命挣钱什么时候挣。吉男，那明天见。好好送报纸呀!”

汉柱拍了一下我的肩，然后向大街跑去。直到子夜前，他都会奔跑在市中心的各个角落，做他的旺季买卖。

送完报纸，我故意找清静的住宅区的小路往家走。送报时，我在负责的区域里差不多是奔跑的，所以没怎么感觉冷，可是回家的路上，寒冷的晚风却总是吹打皮肉，甚至感到了刺骨的疼痛。傍晚时分回家路上的寒冷，给我内心塞满的痛苦和悲哀不亚于饥饿，正如妈妈怨恨可恶的世道，我同样会自然而然地产生满腹牢骚，我活在这个世界有啥意义。我想在天寒地冻的黑暗中，变成比灰尘更小的颗粒，消失得无影无踪。

拐进药典巷，中药房和建材商店都开始点灯了，人也逐渐多了起来。在通往深院大宅的长长的胡同路口，我见到了成俊哥和美善姐。美善姐正要去夜校，穿着校服，提着书包。成俊哥似乎刚刚从家里出来，披着大衣穿着拖鞋。两个人面对面站着，以相当严肃的表情谈着什么。

“我让你做我的搭档了吗？我是让你做首席翻译。我也在接受英语个别辅导，可我现在的实力还不足以做翻译，所以才跟你说。”

“不管怎么样，我不参加那个派对。明天平安夜教会有活动。”

“Miss 朴，我正在办护照，再有一个月我就去美国留学了。这是我离开朝鲜前的最后恳求，这一次你无论如何要答应。以后我再不会跟你说无聊的 Love 告白了。我也是只要下狠心就很干脆的家伙。”

成俊哥像美国人一样耸肩，抬起两手做了个手势。

“松香口香糖，真够黏糊的。”

美善姐看了一眼手表。

“那我就当 Miss 朴参加了，不另外找翻译了。”

成俊哥单方面地通告说，然后从我身边冲过去走进了胡同。

第二天晚上。

在房东家大厅里举行的派对，的确是值得一看的热闹景象。首先，最让我惊讶的是，原以为不会去的美善姐堂堂地参加了派对。说得更准确一点，和美善姐参加派对本身比较起来，她变了样的装束更让我张口结舌。她画了跟出入我家的妓女们一样的浓浓的眼影，脸上涂了凤仙花色胭脂，嘴唇抹了轮廓鲜明的口红，看上去比实际年龄大了二三岁。她是那么妖艳，宛如美国电影海报里的女演员。她平常只化淡妆去 PX 上班，下了班去学校时把头发扎起来，卸去化妆，显露出纯真的女高中生的样子，可是这一次的确是尽显风姿了。

美善姐化的浓妆已十分扎眼，黑绸缎晚礼服更耀眼。京畿嫂说晚礼服是她在美军 PX 西装店借来的。晚礼服从胸口直到掐腰部形成了Y字型，数十颗珠子玲珑闪亮，划着圆形散开的裙子下摆，足可以藏进两个吉秀那般的孩子们玩捉迷藏。不过最让人吃惊的是胸口。显然，那么制作衣服并非为了节省布料，衣服胸口露出大半个白花花的胸脯，十分袒露大胆，她却全然没有羞涩的样子，让我惊叹不已。她的乳房非常丰满，穿校服走路时就在里面上下乱蹿，如今穿上挖开前胸的晚礼服，两个乳房之间的深沟衬托出气球般圆润的乳房上部白花花的肉。不要说成俊哥，即便在年幼的我看来，只要是成年男子，都会为了爱抚一下那个大乳房的欲念而垂涎三尺。

被邀请来参加派对的客人，有给美二军司令部供应办公用品等所有商品的企业主、房东大叔的堂兄弟夫妇；有被称作岭南肥料社长的亲戚夫妇；有据说也是亲戚的穿着军装的陆军上校；有大邱警察署的亲戚警监夫妇；还有大鼻子褐色头发的年轻的美军上尉，此外是道政府的某局长官吏夫妇。当然还有房东大叔夫妇和成俊哥。

“这个派对是兼作送成俊少爷去美国留学的交际活动，所以邀请了帮他联系美国某大学、给他弄来邀请函的洋鬼子军官，还有给他做了身份担保的亲戚，就是那个警察署高官，也被邀请来了。”安氏一一列举着派对参加者，对京畿嫂耳语道。

在深院大宅的下房中，观看那个派对的人，只有京畿嫂和我。俊浩一家因为圣诞节前夜的旺销，连带着俊浩和婴儿全家人都在店铺里。平壤嫂去参加老乡聚集的忘年会，以便了解大儿子的消息，顺花姐和正民哥似乎在屋里，却对大厅里举行的派对漠不关心。总是乐呵呵地吹口哨的京畿嫂的大儿子兴奎先生正在和西门市场干海鲜店的独生女谈恋爱，在没有宵禁的愉快的夜晚，不知道和恋人在什么好地方约会，不在家里。“他们是治疗虫牙时认识的，姑娘家是在大邱地界儿上历经了两代的大富豪。她家在西门市场寸土必争的黄金地段有三个店铺，听说她们家在公平洞的敌产房屋[①]私人住宅，光是宅基地就有二百五十坪呢。他们说如果是当牙医的女婿，只要带着两个卵子来就行，结婚费用我们都不用花了。”京畿嫂在深院大宅里广泛传播了消息，看来兴奎先生的确是在和富豪家的独生女儿交往。兴奎先生和顺花姐都是从北方避难来的，我隐约地希望他们能成为一对，不过两家都穷困，彼此太清楚对方的家境，因此在婚姻上选择了别处的人，令我感到十分惋惜。

上房的枝型吊灯照得大厅亮如白昼，我和京畿嫂并肩坐在她家的地板廊上，冷得瑟瑟发抖，在远处望着玻璃窗内的热闹派对。京畿嫂身上围着毯子，焦躁地抽着烟，盯着混在穿着华丽的人们中间的女儿，仿佛在监视放在狼群游戏场内的羊。大厅里大型锯末炉子烧得通红，电唱机上流淌出美国大众歌谣。大厅的一边，有盖着白布的长长的桌子，桌面上

---

① 日本殖民统治者占有的房产，光复后交还给朝鲜。——译注

摆满了各种食品和酒瓶。客人们手里端着盘子，按自己的需要随心所欲地挑选食品，在堆成山的食物中随便挑着吃，实在是令人羡慕的光景。从群芳阁请来的年轻人穿着燕尾服，系蝴蝶结，正在为客人们服务。

“真他妈瞎吃。站着一边说笑一边吃，那个西式吃法是啥玩意儿呀。食物味道都品不出来了。”

京畿嫂讥笑道。

“西式吃饭真大方。绕着装食物的碟子来回转，就挑自己喜欢吃的，能吃得撑破肚皮。”

“送报纸的你，猴年马月能那么摆上食物，来回转悠着吃东西呀。吉男啊，你有信心吗?”

她分明是在挖苦我，可我无法回答。我颤抖了起来，不是因为冷，是因为绝望，是因为我生平都不可能有以那种方式吃东西的机会。

我知道那种用餐方式叫自助餐是过了二十年之后。见多识广、无所不知的京畿嫂，肯定当时也是第一次见识那奇特的吃法。因此，我的想法和她是半斤八两。不是把东西放在四方形大饭桌上，大家围着桌子吃，而是端着装了食物的盘子走动着吃，或者跷着二郎腿坐在椅子上吃，再没有比那个更自在的了。他们在甜蜜的音乐声中吃着美味佳肴，快活而热烈地交谈。从下房看上去，上房大厅玻璃内，仿佛是童话中出现的另一个世界。

“那个衣服刚穿时那么丑陋，可在那样的派对倒很和谐。

美善的确有眼力。你看美善姐也很时髦吧？”

“像美国电影招贴画。成年男人都会被迷住的。”

“德行，还真有小子的眼光。”

正如京畿嫂让人无法理解的啰嗦，作为派对里的唯一的姑娘，美善姐的确给派对增加了不少气氛。别的女人都穿着韩式服装，只有她穿着华丽的晚装，而且熟练地让美国军人和几个客人亲切交融。成俊哥一直跟在美善姐的周围。他的眼睛总是离不开美善姐高高隆起的乳房。在我看来他才是名副其实的一只狼。京畿嫂在远处密切监视那只狼，这样的监视者或是观察者除了我之外，还有人在。大脑瓢和机灵鬼在正好能看到上房大厅的厢房里拉开门缝，专心地观看。担任家庭教师的正民哥那天没给他们上课。也许是因为平安夜外出了，东姬姐也没有露面。

上房的厨房灯火通明，从群芳阁派来的厨师正在忙碌着制作料理。安氏将冒着热气的做好的菜放在大盘子上，端进大厅。玉也在打下手，每次将空盘子拿到厨房时，她都在黑暗处偷偷地像狗一样舔盘子。在黑暗中受着冻观看派对的我，心里幻想着会不会有像玉一样得到吃剩食物的机会。但是机会一直没有到来。坐在这儿谁也不会关照的，我想，我琢磨去厨房还是怎么办，我时不时偷看那边。

“哎哟哟，我准知道会这样。”

突然，京畿嫂惊叫了一下。我朝上房的大厅望去，大厅里正在开始跳舞。男人和女人成双成对地互相抱在一起，合着缓缓的音乐节拍，像缓缓涌动的水流在大厅里走动。

“啊，那丫头多咱学会了那种舞!”

京畿嫂几乎要岔过气似的叫。

房东大叔和大婶自然是一对，美善姐和大鼻子军人跳舞。陆军上校和成俊哥没有舞伴，坐在椅子上观看跳舞。一支曲子结束后，大家一起鼓掌欢笑，成俊哥在唱机上换了另外一张唱盘。那是轻快的快节奏舞曲。他迅速拉上美善姐开始跳舞，其他人也换了舞伴。

“一群疯子，真是疯了。我说呢，那个恋爱队长小子怎么会屁股粘在椅子上坐着。说不跳不就得了，答应他的美善丫头也是神经出了毛病。弄不好会上那小子当的。会被骗过去的。”

京畿嫂焦躁起来。她仿佛要扔掉毯子冲进上房去，却又点燃了一支烟。

我正在失神地望着跳舞，吉中脚步轻轻地穿过内院走了过来。他看到我说妈妈找我。我这才如梦方醒，回到家妈妈也许会拿起荆条鞭子的，我想。为了赶制今晚要穿着参加平安夜酒席的衣服，妈妈昨晚一直没有合眼，通宵在油灯下干了活，今天也干了一整天，直到现在还在转动缝纫机。

“妈生气了吗?”我问弟弟。

“嗯。”

弟弟轻声说，点了一下头。

“很生气吗?”

“好像是。”

我刚刚走进屋，果不其然，转动缝纫机的妈妈大发雷霆。自从我家搬到外院后，因为没有必要再看别人的眼色了，妈妈嗓门儿总是很高。

“你这该死的小子！你看那个富人家的派对还是宴会干啥，那东西会在你考中学的考题里出来吗？看那些胡吃海塞的富人们铺张奢侈的宴会，能给你带来啥好处！我把这个傻子当成长子来信任，这样不顾弄瞎眼睛地养活，将来能得到啥回报……”

妈妈的声音里夹杂着悲切。

“我，我错了。”

我畏缩的声音有些颤抖。

“看那些脑满肠肥的富人们的派对，当一辈子给他们擦屁股的仆人，你真好啊。你这没出息的小子！”

妈妈怒视我。因为前一夜没有睡好，眼里充着血。然后，妈妈转动着缝纫机叫骂开了。

“我再也不、不看那个了。”

“马上滚出去！别想回家了，出去。不管你饿死还是冻死，你给我出去！如果你不愿意出去，就给我拿来五根荆条鞭！”妈妈愤怒地吼叫，紧接着发出“啊！”的一声悲鸣。

缝纫机的针轧进了妈妈左手中指，在指甲上轧出了孔。妈妈抽不出手，不知所措，正在轧后缝的淡蓝色绸缎上衣迅速浸染了血。

“妈，往后，往后转轮子!”

“血！妈出血了!”

正在学习的姐姐和吉中几乎同时叫喊了起来。

妈妈往后转动缝纫机轮子，把轧进指甲的针提上去，勉强抽出手指。新衣料上滴落了一滴滴鲜血。

“哎哟，这新绸缎衣服怎么办？让我赔该怎么办……”妈妈抓住受伤的手指，忘了疼痛，只是望着沾了血的绸缎上衣一脸哭相。“仙礼，马上去厨房拿来水和肥皂。”

仙礼姐姐去厨房端来了水盆和肥皂。妈妈从缝纫机抽屉里拿出手捐，捆扎受了伤的手指。妈妈将绸缎上衣沾了血的部分浸在水里，然后打上肥皂，小心翼翼地清洗。我站在房门前惘然若失，只是看着妈妈洗衣服。我心里乱跳，大腿不住地抖动。

“仙礼妈，怎么啦？”

在店铺里帮丈夫干活的俊浩妈妈听到妈妈的悲鸣后问道。妈妈似乎没有听到她的问话。

“血迹洗不掉咋办？要是让我赔偿，去哪儿买完全一样的面料呀!”

妈妈的声音含着哭泣。

一瞬间，我决心要趁此机会离家出走。妈妈让我离开家了，如果我现在屈服，拿着荆条鞭乖乖地走进屋，就会开始前所未有的残酷鞭打。“你死吧，你这样的混蛋只会吃饭，活着干吗！我就当是一个崽子在战争里死了，我无所谓!”

妈妈肯定会责骂我，拼命鞭打我，直到我口吐白沫倒下去，才会收起荆条鞭的。而且，妈妈不会就此打住，就算我身上的蚯蚓状的青紫消失之后，妈妈还会时不时埋怨我，将自己的手指被缝纫针穿透的过失、往别人衣料染上血迹的过错统统怪罪于我，必然将对“可恶的世道”的愤恨全部发泄到我身上，变本加厉地经常鞭打我。

我悄悄从屋里走了出来。穿上球鞋，经过店铺的小门走进了胡同。外面寒风凛冽刺骨。

“吉男，你去哪儿?”

背着女儿烙面饼的俊浩妈妈问。我没有回答。我想这也是我和俊浩一家的最后一面了，因此回头看了一眼店铺。俊浩爸爸正在把装了烤红薯的纸袋递给班长家的小女孩儿，旁边还有人等着买烤红薯。因为是圣诞节前夜的旺销，他们家的顾客不少。

我两手插在裤兜里，空空的裤兜里连一元一张的钞票都没有，我朝着与药典巷相反的胡同走去。沿着钟路方向，我在黑暗而深长的胡同里慢慢走。我鞭挞我的内心，从今以后，我是再也没有父母兄弟的孤儿了。同时我激励自己，要不受任何人干涉，一个人活下去，从今以后我再也不找妈妈、姐姐、弟弟们了。不管在大街上冻死还是饿死，决不走进自己家门。我咬牙反复下决心，不知不觉间，两眼流出了泪水。我用拳头擦去泪水。

我走上了钟路大街。大街上灯火通明，过往的人熙熙攘攘，满大街飘荡着圣诞歌。行走的人们毫不在意寒冷，看上去都陶醉在幸福之中，孤苦伶仃的人，只有我一个。我当真走上了大街，却无处可去。我能想到的，就是汉柱。在今天这样取消宵禁的日子，他肯定会昼夜不停地奔跑在大街上卖东西的。我决定会找汉柱，向着繁华大街松竹剧场方向迎着风狂奔。

直到子夜时分，我搜遍中央大街一带和松竹剧场附近，以及东城路和香村洞的每个角落找汉柱，包括饭馆和茶馆，甚至往啤酒屋里探头探脑，被服务生揪着脖颈撵出来。只要看到跟汉柱年龄相仿的孩子背影，我就大声叫喊“汉柱”，但是每次都落空。我想只要向汉柱倾诉我迫在眉睫的处境，他肯定会给我出主意的。可是俗话说想入药时狗屎也难求，他如今不知道藏到哪儿去了，故意躲着我跑似的。我足足奔波了三四个小时，终于精疲力竭了。

我意识到再也无望找到汉柱了，是在过了子夜，繁华大街上的人寥寥无几之后。店铺都打烊了，大街上只有酩酊大醉的酒鬼胡乱叫着摇摇晃晃。我在失望之余找去的地方，就是那一夜第二次去的大邱火车站候车室。即便是为了战胜寒冷，我也需要挡风的墙。

候车室内还有些暖意，跟我一样无处睡觉的人，正蜷缩在长长的木头椅子上过夜。不，也许是在等着乘坐凌晨的火车。候车室里还有拿着罐头盒的乞丐孩子。但是，此时此刻汉柱也不在那里。我为了得到旁人的体温的热量，挤进坐在椅子上的人中间坐了下来。我没有流泪，心里却很凄凉，对将来的孤身生活很茫然。在芸芸众生中保护自己的房屋，对于我们的人生是多么必要，当时我尚未切肤地意识到，但是，这一教训成了我日后的良药。当初哀求着承认错误，挨够了打就好了，到这时，我才开始后悔了。我望着候车室的大门，茫然地期待汉柱的出现。渐渐的，我开始对于这个也不再抱有希望了，我把两脚放在椅子上，头垂在两腿之间。不知不觉，我睡着了。

我做了非常痛苦而可怕的梦。妈妈命令我张开两只手，并排放在缝纫机台子上，然后使劲按住我的手，转动缝纫机，把我的手指硬塞进飞速轧下来的缝纫针下。缝纫针在我摆成一排的指甲上轧出一个个孔，用线缝了起来，鲜血从指甲中喷涌而出。“你也尝尝这滋味才能打起精神。就像你娘通宵没睡觉走神，指甲被缝纫针轧过一样。你受过这个苦，才会知道一天吃三顿饭多不容易。”我悲惨地拼命叫喊，妈妈却残忍地讥讽我。妈妈的脸宛如可怕的魔鬼，外眦撕裂，眼珠血红。

我指甲剧烈疼痛，睁开了眼。外面的广场已经露出了晨曦，天渐渐发亮了。清扫工大叔正在用笤帚扫候车室。我怕被流氓地痞抓住，或者妈妈拿着荆条鞭找上门来，迅速离开了候车室。

我走在中央大街的路上，天渐渐亮了。附近传来了卖豆腐的摇铃声，我欢喜地见到了送早报的少年。奇怪的是，我饥饿难耐得连走路都很吃力，干瘪的肚子贴到了后背。昨天吃了晚饭，现在还没有到吃早饭的时间，我却像一整天挨了饿似的饥饿。不知道是因为昨晚为了找汉柱走了太多的路，还是因为预知今天吃不到早餐，肚子撒起娇来了。拐进香村洞后胡同时，我意识到我的眼睛正在忙活着寻找什么。

我看到了饭馆后门放着的垃圾桶。我像被人遗弃的狗，嗅着味儿搜寻垃圾桶里的东西。乞丐并非专有其人，我现在就成了乞丐，正在垂涎着别人吃剩后丢弃的垃圾。当我用颤抖的手指在垃圾桶里抓起被丢弃的冻得死死的面条时，尽管没有任何人看我，我还是羞惭得流下了泪。无论怎样，只有吃才能活下去，将来我必须不以为然地吃下这些垃圾食物，我铁了心。

我见到汉柱，是在那天正午警笛声响过之后，在大邱警察署和万景馆剧场之间。当时我没有力气走路，只好蜷缩着坐在朝阳的路边，躲在挡风的角落里。汉柱从不远处走了过来。这一天固然是耶稣诞生的日子，但是对于我，汉柱才是救世主。

“汉柱！”

“是吉男啊，你怎么坐在那儿？过来。脸上咋有泪痕，哭了吧？”

“哭啥哭……”

我对汉柱发牢骚，说昨天夜里找他不知找了多久，还跟他讲了我离家出走的经过。

“你为那点小事就离家出走？要是都像你这样，因为那点事就离家出走，哪有老老实实呆在家里的孩子呀。那不满大街都是离家出走的孤儿了？吉男，别这样，回家吧。当时你妈也许是伤心得发了火，现在肯定担心你，等着你呢。”

汉柱全然不在意我的处境，太过轻松地下了结论，让我十分恼火。我对我昨天一整夜想念汉柱颇为失望。

“不。你不知道我妈多冷酷多恐怖。我决不回家。我妈不会等我这样的孩子。我现在告诉你实话吧，我其实不是我妈亲生的。是我爸在哪儿生了我之后带到家里来的。所以，我不知道生我的妈妈是谁，长得啥样都不知道。虽然我不知道多咱能找到。”

“是吗?”

汉柱睁圆了眼睛。我觉得像是自己说了假话，我无法回答，只是连连点头。

“你离家出走了，饿了吧。走，我昨天夜里和你在城里玩捉迷藏的工夫赚了不少钱。我给你买面饼。跟我来。”

汉柱带着我走。到了往香村洞方向去的路口，走进烙面饼的手推车排挡。我吃了两个面饼，汉柱吃了一个。看着狼吞虎咽的几乎噎住的我，他像兄长般劝我回家。

“就算你妈是那样吧，可是不管怎么说，你兄弟们和你还是同一血脉嘛。离开了家，你怎么活下去？别那么犟了。越是这样越要下狠心，拿出勇气来。像咱们这样一无所有，又没有爸的人，除了比别人更大的勇气和勤奋还有啥？常言说忍者得福嘛。”

我无话可说。不过，我还是不想回家。汉柱付了面饼的钱，走上大街后，他深情地拉着我的手，要得到我回家的保证。我没有答应。

“那，现在就得分手了。我得做买卖呀。还得到处去卖东西。你也拼命挣钱，明年才能上中学呀。所以你要回家。你整天在外面飘荡咋学习？咱们在报社见吧。不管怎么说，送报还算是可靠的固定收入。”

汉柱露出虎牙笑了，然后一阵风似的向军人剧场方向跑去。

我直到上高中二年级，变换着《大邱日报》《岭南日报》《东亚日报》的发行站，一直勇往直前地送报，汉柱却在第二年放弃了送报工作。因为妈妈长期卧病在床，他没能上梦寐以求的夜晚中学，转到印刷厂当辅助工去了。他和我在《大邱日报》中部发行站一起干了两年。

“你是上了学，可我哪有那条件呀。我如果不出去挣钱，三口人马上就会挨饿，妈妈的药费谁能给呢？送报纸的活儿，干的时间再长也只是跑腿的，也不是啥一技之长，如果年龄大了，报纸也送不成了，我和家里会成啥样子呀？所以刚巧有干活的地方，我就决定去那儿了。我要成为印刷技术人员。”我们就此分了手。不过，我送完了报纸后，常常去北城路后胡同里的印刷厂去找他。那是印制表格和名片之类的小印刷厂。他作为年龄最小的辅助工，不顾衣服和脸上沾油污，干活十分卖力。他妈妈那年夏天去世了。“妈妈抓住我的手，说把可怜的兄妹留在陌生的南部，怎么能合上眼啊！妈妈那么死劲攥住我的手，我没想到病倒在炕上的妈妈竟然有那么大的手劲。”一直表情明朗的汉柱在对我讲这些话时，眼里含着泪。

汉柱的妈妈在战后第四年去世了，如果将她的死因归结为战争，那么在这个土地上，因为战争的疮痍长期潜伏在五脏六腑里，最终因为它毒发而死亡的生命又有多少呢？追究起来，我的小弟弟吉秀也在此列。

我在上夜大期间参了军，后来以上等兵军衔回来休假时，汉柱已经在规模比原来大了四五倍的过去的活板印刷厂当了技师。他穿着沾了油污的作业服，脸上蹭着黑色印油，他跟送报纸的时候一样，露出虎牙笑了。“你不是大兵嘛，我在挣钱，我来买一升米酒吧。”他学着庆尚道方言笑着说。那时他因为“太渴望亲人”，已经结婚生了一个儿子。我们在简易饭馆里随意聊天，后来我问了明姬的消息。我上初中和高中时，偶尔去他们兄妹在山格洞租住的单间屋玩，因此我跟他妹妹很熟悉。小学勉强毕业后，明姬去饭店当了勤杂工，和哥哥一起站在了生活的第一线。她虽然长得不算漂亮，却跟哥哥一样是很坚韧的少女。我参军之前，听说她离开饭店后去一家织袜厂当了工人，后来上了夜晚中学。“她在砧山洞纺织厂干活。话说到了这儿，我跟你说吧吉男，咱们小时

候送报时，我曾有过和我年龄不相符的荒唐的想法，我想你如果和明姬成一对儿会如何？那不就是人们常说的南男北女，很般配吗？可是，现在不行了。学历差距太大了。人都有各自的人生之路，姻缘也是各有各的。”汉柱说完干笑了一下。那凄凉的笑，是我和他的最后一面。

我转业后回到大学复读，担任大学报纸的编辑时，负责报纸排版和印刷的庆北印刷厂就在北城路，我到北城路后胡同里的汉柱所在工厂找过他，不过他已经离开了那个印刷厂。厂长说汉柱在汉城找到了工作，说是汉城离故乡更近一点，举家搬走了。

时至今日，每当我回顾我在大邱生活的起点都无法忘怀给胆怯的我以勇气，在贫困中毫不屈服，勇敢机智而且雄赳赳地闯荡“可恶的世道”的少年家长汉柱。尤其是他介绍我当送报员时，向发行站站长孙先生说的话：“请相信一下吉男吧”，还有“忍者得福”那句不知道他从哪里听到的圣经箴言，后来长久地留在了我的心里。由此，无论遇到任何事都要忍耐着等待的毅力，以及要成为值得他人信赖的人，起到了时时让我回过头来审视自己的觉醒剂的作用。

我在大街上的钟表店探头看了一下时间，下午两点之前去了报社。刚刚走进后门，我就看到了仙礼姐姐，她穿着校服，手里拿着装了几本书和饭盒的包袱，惘然地站在守卫室旁边。我看到姐姐很高兴，仿佛久别后第一次见面似的。不过我有些不好意思，我垂下头，用张开嘴的球鞋踢脚下的土。

“吉男，你为那点事儿就离家出走呀。昨晚在哪儿睡的?”

我没有回答。

“昨晚你走后，妈撇下活儿哭了好久。妈诉苦说为了和孩子们一起活下去，这样拼死拼活地干活，孩子们却不愿意看娘，我为啥要干活？早晨我要去学校图书馆，妈让我下午到报社来看你。”

姐姐即将考高中，连假期都整天去学校图书室闷头学习。姐姐要报考的大邱师范学校按特例招收学生，各校成绩优异的学生都报考那个学校，入学竞争率平均为四比一。

我有很多话要问姐姐。那小子离开了家，少了一张嘴，就像拔掉了一颗病牙那么舒坦，妈没这样说吗？妈没骂我，说如果我回家就要打个半死吗？绸缎衣料的血迹洗得看不出痕迹了吗？妈被缝纫针轧的手怎么样了？但是，我张不开嘴，一句都没有问，我只是朝机械室张望，那里传来滚筒油印机转动的声音。后院里，等待报纸的少年们正在踢泄了气的足球，跨坐在自行车上的孙先生正在训斥明洙。他肯定正在责骂他未能扩展订户。

“送完报纸你就回家去。妈会熬好肉汤等着你。整夜饭都没吃，饿了吧？我的盒饭没吃，给你带来了。送报时找个清静的地方吃吧。”

仙礼姐姐把装了饭盒的包袱递给了我。

“不，没事儿，你拿走吧，我不回家了。我今天就结束送报的事儿，我要彻底离开大邱市。我也不去进永，去更远的地方，我要去很远很远的地方。你就跟妈那么说吧。没有我这一个人，你们也会照样活下去的。”

我说着违心的话。悲哀让我嗓子眼儿发干，眼里涌上了泪。那种悲哀让我可以随口胡言乱语。

“你说啥废话呀？走啥走，你离开家要去哪儿？你又不是孤儿。”

“你去跟妈说，以后别找我。为了让我卖报纸把我带到大邱来，学也不让上，光知道打，哪个傻子整天劈木柴，像个奴才似的窝在家里？从现在开始，我要自立。一个人过就都是孤儿吗？我能自己过。我一整夜在火车站候车室睡觉，就想了这些。”

我破罐子破摔似的信口往外吐。说完了话，我朝送报员们踢球的后院走去。姐姐抓住了我的胳膊。

“吉男，你想错了。妈不说了明年一定送你进学校嘛。你别那么犟了，送完报纸一定要回家呀。听说火车站周围到处是流氓地痞，他们还抓孤儿带到别处贩卖呢。”

送报员们和孙先生朝我这边看，我感到很狼狈。

“走。快走！”

我胁迫道。“送完报纸一定要回家呀”，姐姐见我不听劝说，无可奈何地留下话生气地扭头走了。

我要手腕从孙先生那里预支了二百元。我说姐姐因为交不起这个月的学费，这回中学毕业都困难了，所以姐姐来找我了。孙先生也看到了穿校服的姐姐，可能觉得我的话还可信，痛快地预支了二百元，然后在巴掌大的本子上记了预付金额和时间。

直到我夹着报纸走出报社后院，汉柱还没有到报社。如果我离开后汉柱喘息着跑来，孙先生肯定要大骂汉柱来晚了。

送完了报纸，我走到壮观洞长长的胡同中部，站在能够看到俊浩爸爸店铺的远处犹豫了许久。回家跟妈妈承认错误哀求吗？怎么办？妈妈真的能在家里熬好肉汤等我吗？姐姐是不是扔给我甜蜜的谎言做诱饵呢？“你小子，总算回来了，离开家就受苦了吧？好啊，在你长大变成流氓之前，你就死一次吧。”妈妈会不会这样叫着开始抽打我呢……直到夜幕降临，我一直胡思乱想，举棋不定。如果姐姐或吉中出来找我，我就站在他们一眼就能看见的地方，假装不得已，跟在他们后面进去。我决定就这么办。可是，家里没有一个人出现在店铺前。我的眼前浮现出全家人围在饭桌前，一边对我的事窃窃私语，一边津津有味地吃晚饭的情景。但是我已经跟姐姐说了大话，我没有自己走回家的勇气。

我转过身，慢慢地走出伸手不见五指的漆黑的长长的胡同。我能去的地方，只有火车站候车室。寒冷和饥饿让我全身蜷缩。我想先破开二百元买烤红薯对付一顿晚饭，剩下的钱藏在内衣里或者什么地方，以防被流氓地痞抢走。我觉得还是拆开裤脚扦边放进里边最安全。汉柱以前跟我说过。

“买爽——口的荞麦冻，买比蜜更甜的筋道的糯——米糕喽，还有热乎乎的红小豆粥。”

从傍晚开始，卖夜宵的人就走街串巷地叫喊。卖夜宵的人背着背架从我身边走了过去。背架上有用旧毯子包起来的红小豆粥坛子、荞麦冻坛子、还有装糯米糕的木盆。他头顶狗皮帽，穿着染成了黑色的军用大衣。我一想起寄住在进永的市场大街的客栈时，冬至那一天才能尝到的红小豆粥，我的肚子立刻咕噜噜叫了起来，嘴里涌上了口水。但是，我不能为了买零食而破开金子般的钱。

“买热乎乎的红——小豆粥，糯——米糕喽……”

在我的背后，卖夜宵的人的叫喊声渐渐远去了。我回头看了他。直到宵禁警报响起为止，卖夜宵的人都会在寒冷中哆嗦着，不辞辛苦地叫卖东西的。那一刻，我切身醒悟到了每天不饿肚子生活的艰辛，喉头突然涌起了什么。那是让喉咙冷丝丝的酸水。

我双手插在裤兜里，经过钟路大街，走在中央大街的大道上。现在，我不再努力找汉柱了。显然，他不是和我一伙的，他是和妈妈一伙的。

跟昨天一样，我找了火车站候车室去。候车室的椅子上挤满了失业者、流浪儿、等候坐凌晨火车的人，没有我挤进去坐的地方。我蜷缩着坐在椅子边的水泥地上，把头垂在两腿之间睡着了。

跟昨天夜里一样，我又做了梦。从仙礼姐姐那儿听到的故事重现在了我的梦里。那是一个神奇的梦，美国缝纫机发明家，瘸子伊莱亚斯·豪被拉上刑场时做的梦，渗进了我的梦中。

贫困的豪的妻子靠缝纫活维持生计。因为腿瘸而没有工作的豪，每当看到直至深夜做针线活的受苦受累的妻子疲倦的样子，就想可怜的妻子，那些活就不能机器来做吗？缝纫是反复做相同动作的单纯作业，没理由不能靠机器来完成。只要一有空儿，豪就专心研究缝纫机械，但是发明起来不容易。有一天，豪做了奇怪的梦。在梦中，不知怎么搞的，他被拉到了土著酋长面前，接到了如果一个小时内弄不出缝纫机械，就处以死刑的严厉命令。可是他无论怎样想，发明机器都不容易，他终于被拉上了刑场。行刑的土著人将长矛对准他走了过来。在长矛尖反射阳光而闪烁的瞬间，豪看到了长矛尖稍宽处有一个孔。一瞬间，他叫喊起来：就是这个！豪猛然打起精神，从梦中醒来。普通的针是在后部有针孔，土著人的矛却在前端有孔。豪终于发明了用前端针孔穿线，可以将上面的线和下面的线进行重合缝纫的双层锁式缝纫方法。法国的西蒙和美国的亨特发明了和他类似的缝纫机械，但是没有推广起来。豪得益于梦的启发，在没有任何人帮助的情况下成功地发明了缝纫机。

但是豪需要拿到专利，因为他没有钱，他为了找到能继续生产缝纫机的投资家，拿着缝纫机设计图四处奔波。豪听到有个英国投资者对他的发明感兴趣的传闻后，专程乘船去了英国，却无功而返。在此期间，美国和英国的缝纫厂怕制造出比他们制衣快出数十倍的制衣机械，活儿被抢走，像对待西蒙和亨特一样，猛烈谴责豪的发明，示威者包围他的住宅，以至于邻居们夜里几乎无法入眠。那时出现在豪面前的人，就是胜家。

经营手腕出众的胜家偷出豪发明的缝纫机设计图，装上脚踏板和向前送布的装置，经过了稍许改良后，迅速在几个州取得专利。然后，胜家用自己的名字，以“胜家缝纫机展示会”，“一家拥有一台的胜家缝纫机!”“快速转动胜家缝纫机竞赛”等等主题，进行广泛宣传，引进了分期月付的销售模式。胜家在短时间内赚了大钱。如今，只要说到缝纫机，人们就会想到胜家缝纫机，胜家缝纫机控制了全世界缝纫机市场。瘸腿的豪极为失望。他依然贫困，南北战争爆发后，他以大龄和残疾的身体参军当了北军士兵。

犹如豪将被土著人的长矛刺死的一刹那，我同样清清楚楚地看到长矛尖上的孔，从梦里醒了过来。我四处环顾候车室。外面一片漆黑，候车室内空荡寂寥。我的上下牙不可遏制地碰撞，发出的的的的缝纫声音，寒冷刺骨。我往旁边看，一个比我小的乞丐怀里抱着空罐头盒，顶着我的肋睡觉。如今我和他命运完全相同了，那黑糊糊的邋遢的少年的面孔反而让我感到亲切。我挠身子，不一会儿又睡着了。

我因为太寒冷，哼哼唧唧地沉于昏昏然的睡眠中，听到了有谁叫我的声音。一开始，我以为那是惨败于资本家胜家的不幸的豪叫我的声音。

“吉男，吉男。”

我睁开了眼。旁边的乞丐少年不见了，我面前展开着黑色梭布裙。我抬起眼往上看，和妈妈的目光相遇。妈妈眼里含着泪，表情悲哀地俯视着我。我感到羞愧，再次把头藏进两腿之间。眼里猛然涌出了泪。

“走，回家去。”

妈妈甩下一句，然后在前面走。妈妈用攥在手里的手绢擤鼻涕，擦眼角。我跟在妈妈身后，向火车站广场走去。黎明中，建筑物上面的天空正在渐渐露出鱼肚白。我像被人买走的凄凉的小马驹，和跟着仙礼姐姐来到大邱时心情一样。不，我感觉像是做了坏事到处藏匿，被警察逮住后被带走。直到进入深院大宅，妈妈一句话都没有对我说，只是默默地走在前面，甚至没有回头看一眼我是不是跟在身后。

早餐的饭桌上，我发现只有我的饭碗旁有豆芽和大葱里漂着牛油的肉汤。尽管后来我依然像烧开的粥一样变化无常，但是起码在那一瞬间，我的心灵深处铭记了我是妈妈的儿子。我的喉咙被噎得难以咽下饭菜，妈妈依然默默无语。

我要对自己的离家出走赎罪似的，从第二天早晨开始，就去姨妈家借来斧头和凿子勤奋地劈木柴。我流着汗水拼命挥舞斧头，仿佛对“可恶的世道”和贫困发泄愤怒。京畿嫂坐在俊浩家的店铺散布说，东姬姐因为圣诞节前夜在外边过夜，可能要受到学校的退学处分，不过我对此毫不关心。三个男生和三个女生在一个高中男生的租住房里群宿，邻居把他们看作是坏学生报了警，警察通报给了学校。这些事在如今的社会里很寻常，但是在当时，未成年男女群宿的不良行为，是能够彻底堵住婚姻之路的了不起的大事。但是，不管谁退不退学，不管正泰先生的行踪是不是毫无线索，对我来说都无所谓。对于我离家出走的事，妈妈始终只字不提，使我受到了更沉痛的内心鞭挞。我相信拼命地劈木柴和送报纸，是我获得妈妈欢心的唯一办法。

我痛下狠心劈柴，逐渐掌握了劈柴的要领，活儿开始顺手了。躺在炕上，我抚摸自己的胳膊和胸膛，发现长了坚实的肌肉。

第九章

新年的第一天，是愉快的日子，不过我家不可能有什么变化。家里所有的人都长了一岁，因为酒楼都歇业几天，妈妈从年底的繁忙中解脱了出来，变化仅此而已。报纸也像公务员休假一样停刊三天，我也有了悠闲时间。不过，我决定在三天里将剩了三分之一的原木全部劈完，拼死拼活地干活。

一月四日，是进入新年后我第一次送报纸的日子，我能够记住那一天，是因为发生了两起使我久久无法忘记的事。那天，报纸的社会版登载了几乎占据整个版面的照片和报道，可我只顾送报，对发生的事儿一无所知，到了现场，我才知道了可怕的事件。

“希望孤儿院”是我负责的区域内的订户，是两个孤儿院中的一个。孤儿院规模不大，孤儿们的着装和营养状态看上去很糟糕，是向往“希望”的孤儿院。那天，我为了送报到那里时，许许多多看热闹的人挤满了孤儿院狭窄的大院，警察们正在阻挡企图接近孤儿院拱型活动房屋的围观者。围观的人群交头接耳，说孤儿院院长那家伙和他们一家人，昨天深夜卷跑了好多外国机构为圣诞节和新年而捐献的救济款和救济物资。事情还不止于此，人们在拱形活动房屋后面垃圾焚烧厂的小坡上，发现了临时埋葬的五具小孤儿的尸体。尸体瘦骨嶙峋，显然是被饿死的孤儿。“挖跳蚤肝吃的家伙”，“该凌迟处斩的家伙”，围观的人大声痛骂，群情激愤。在拱形活动房屋的一侧玻璃窗前，幸存下来的一群孤儿发绿的脸葫芦瓢一般挂在上面深陷的无神的眼睛望着大院里的围观者。由此我痛失了一个客户。

我送完报回到家，仙礼姐姐正在做饭，不见妈妈的身影。去市场已经为时太晚了。妈妈去了哪儿，我问姐姐。

“文子阿姨自杀了。妈去她家了。”姐哀伤地说。

“自杀？你是说死了吗……”

我首先想到的，是再也吃不到那美味的饺子了。

我们几个一直没有吃晚饭。外面天色晦暗，妈妈还是没有回来。文子阿姨租住的房子在壮观洞和药典巷之间隔了一条马路的桂山洞，可是我不清楚确切的位置。我和吉中走到胡同口去迎妈妈。大街被中药房和建材商店的电灯照得通亮，寒冷的晚风横扫马路。附近吃饱了晚饭的孩子们正在路上拉着手围成圈儿抓人玩。我并不羡慕那些孩子，一心期待妈妈快点出现。吉中脚冻得受不了，两脚并在一起蹦。

一辆美军吉普车亮着灯开过来，在胡同口停了下来。开车的是黑人。围着红色围巾的美善姐挎着背带长长的包，从车后座走下来。跟她坐在一起的美军军官也跟着走了下来。那个大鼻子军官正是上房大厅举行平安夜派对时来过的年轻上尉。两个人面对面站在胡同口，用英语说了好一阵话，美国军人搂着美善姐纤细的腰。

“唰啦唰啦，抓因根基伯密。”

“大鼻子美国佬。美国佬鸡巴大。”

“洋公主，裹美国佬鸡巴的洋公主。”

拉着手围成圈儿抓人玩的孩子们站在远处，看着美国军人和美善姐边骂边起哄。美善姐愤恨地瞪孩子们，然后伴着高跟尖头皮鞋清脆的声音走进了胡同。美国军人举手摇晃，坐进了吉普车副驾驶座位。吉普车尾巴喷出汽油的青烟离开了。要是平常，闻到那烟味儿，头脑朦胧，心情挺不错的，今天可能是因为肚子饿，脑袋发晕。

在桂山圣堂胡同路口，有人头上顶着大大的家具吃力地走了过来。正是妈妈。妈妈头上顶着以她自己的力量抬起来都很困难的带抽屉的梳妆台，头几乎给压扁了。每当梳妆台的镜子晃动时，妈妈的脚步像喝醉了酒一样摇晃。妈妈把梳妆台小心地放在地上后，我和吉中抬一头，妈妈抬另一头，我们母子三人往家里搬梳妆台。

“妈，梳妆台是咋回事呀?”

看到镶嵌着贝壳的闪亮的黑色梳妆台，姐姐十分欢喜。

“文子吃药死了，衣柜啦，衣服啦，生活用具啦没人拿走，房东老婆说文子生前经常念叨干姐，让我把这个梳妆台当礼物带走。我说人都死了，梳妆台有啥用，我不想拿回来，可是房东老婆说，她的几个妓女朋友都抢着要梳妆台，她让我马上拿走，推给我……”

“梳妆台真漂亮。”我说。

跨坐在地板廊的妈妈用垫在头上顶东西的毛巾擦眼泪。妈妈叹息着，茫然地望着漆黑的外院里孤单的光秃秃的樗树。

“人命到底是什么啊？那样死一次就完了，为啥费那么大劲要活下去啊……也许是到了新年，对举世无亲孤苦伶仃的身世更悲哀了，想起了吃砒霜？你那么死去，是为了去见已经到了另一个世界的父母兄弟吗？所以离开了这个世界了吗？总说想死，不想活了，来来去去地抹着泪诉苦，原来你不是随便说的呀。吃药时，该多难受啊！这个世道，真是由怨恨的重重大山构成的可恶的世道呀！花一样的年华，没等盛开就被斩断了脖子，这可恶的世道……那么死了，为你哭的也就是几个一起共事的妓女呀。反正手头也没活儿，吃完晚饭就过去，为安慰那可怜的亡灵痛痛快快地哭个够回来吧。”

第二天上午，因为文子阿姨的死，警察让一个妓女带路来到了我家。俗话说一朝被蛇咬，十年怕井绳，因为战争，妈妈在汉城和进永受够了巡警的折磨，推开门一看到突然走进厨房的警察，就给吓呆了。巡警瞟了一眼屋里，首先确认了昨晚妈妈搬来的梳妆台。

“怎么了？房东老婆一定让我拿走硬推给我，所以拿来了。不是我自己随、随便拿来的。”妈妈磕磕巴巴地惶恐地辩解。

“大嫂，我不是为了那个事来的。梳妆台是大嫂的，应该归大嫂所有。”巡警笑着说。

“那要追究我啥？”

“不是追究。”

“那为啥？”

“我们调查了死者的临时户口，她的确没有亲人。即便是有，在这里也找不到。在调查女人的死因时，房东大婶可能是害怕了，后来才如实交代说死者留下了遗书。她的遗书上说，她使用过的东西中，能用的全部转给干姐仙礼妈妈……大嫂，请你什么时候去警察署一趟，盖个接收章，把搬到房东家的死者的东西搬过来。”

“不。把那个梳妆台也拿走吧。不管是拿到警察署，还是卖掉它后救济比我们更困难的人，请拿走吧。”

妈妈十分讨厌似的，指着放在屋角的梳妆台说。

“大嫂，那个女人可是个高级酒楼‘香园’的名妓呀，她应该留下不少钱的，可是，她连一张十元的现金都没有。我们虽然怀疑房东，并且正在进行调查，您或许听说过那个女人加入了什么会？或者您知不知道她在哪个银行开了户头？”

“不知道。文子经常给我家孩、孩子买来吃的零食，可是从来没对我说过钱的事。”妈妈慌张地一口咬定，“还有，我明确地告诉您，文子的东西我不想要。我虽然带孩、孩子们靠做针线活儿过日子，可我从来没有对别人的东西有过半点垂涎。所以，文子的东西，不管是给孤儿院，还是给养老院，请巡警们看着办吧。我本来想、想念可怜的文子时，看看那梳妆台的镜子才带来的，你们把那个也拿走吧。”

“日子都过得很艰难的时代，大嫂也太洁癖了。大嫂的意思我明白了，如果实在不喜欢那个梳妆台，大嫂就随便处理吧。”

巡警询问了几个问题，然后说还要再来一次就离开了。巡警离开后，妈妈用颤抖的手按住上衣的衿结，喘息着呆了一阵，让内心平静下来。妈妈脸上毫无血色，我猛然想起了患心脏病躺下的汉柱的妈妈。

四个搜察官突然闯进深院大宅，是自此两天后的凌晨。

老疙瘩吉秀的感冒十分严重，通宵猛烈咳嗽。凌晨，突然传来了同时敲店铺门和大门的声音，有人在非常焦急地敲门。妈妈披上毛衣，掖着衣角首先坐了起来。我正憋着尿，也睁开了眼。面向邻院的窗玻璃现出了淡淡的墨色轮廓。

“谁，谁呀？”妈妈有些惶恐地问。

“开门。快，快打开！”

外面传来了强硬的声音。

“哎哟妈呀！现在是几点？这是哪来的晴天霹雳啊！”

妈妈不满地嘟囔着，在衬裙上套了外裙。我们一家人全醒了。姐姐转动电灯开关，可是灯没有亮。妈妈一打开店铺的小门，立刻闯进了几个人。一个穿制服背着枪的巡警，一个穿夹克便装的男子，还有两个穿着没有军阶标志的军服的军人闯进店铺，手电筒四处乱照。

“说是下房从外数第二间。冲进去统统抓出来！”

穿着军大衣的身体健壮的小平头说。

“哎哟，不是我们家。”

妈妈轻轻地舒了一口长气。

“我是吓得想都不敢想去看了，吉男呀，你去看看到底是啥事？”

得到妈妈的许可，我悄悄跟在拥进中门的几个人的后面。进内院下房后，一个穿军服的人绕到房屋后院，穿便服的男子不由分说地去开平壤嫂家的门。门在里边锁上了。他用皮鞋踹门，大声叫喊开门。屋里传来了顺花姐凄厉的哀叫声。此时，我才发现踹门者的背影不很陌生。原来是通过金泉嫂追查脸上有刀疤者下落的尖嘴猴腮的姜刑警。

平壤嫂屋里刚刚传来打开门闩的声音，姜刑警就把门推倒，冲了进去。转眼间，平壤嫂屋里就一片狼藉了。晃动的手电筒光下，闪现出慌忙地找衣服穿的三个人的影子。

深院大宅的下房里的人们都醒过来，拥到了外面。俊浩家里传来了婴儿要断气似的哭声。上房也响起了混乱的开关门声响，突然受惊吓的几个人跑到大厅拥立在一起。

“贱骨头狗男女，两手抱着后脑勺，出来！毙了你们之前快快滚出来!”姜刑警穷凶极恶地吼叫。

平壤嫂一家三人没来得及穿好衣服，光着脚走到了大院。因找鞋磨蹭的正民哥肩膀挨了巡警一枪托。他们两手抱着后脑勺跪在地上。包括从后院转回来的三个人穿鞋走进屋，开始胡乱翻家具什物。手电筒光柱在屋里四处晃动。

“你们这是干啥？啥事？你们说说到底是啥事呀。”跪在地上的平壤嫂惊恐地问。

“明知道还问？你们这些赤色分子胚子。如果不闭上臭嘴，小心你们脑袋全部开瓢!”

在屋里的小平头用电筒照平壤嫂一家人的脸，凶恶地胁迫道。

天空放亮了，周围的东西都现出了原貌。三个人在屋里仔细搜查，刑警监视跪在地上的平壤嫂一家人。他们甚至搜查了简易厨房，然后撕开被面，将从屋里搜出来单独放在一处的东西放在被面里包了起来。那些大都是正泰先生看的书，还有笔记本。刑警给跪在地上的三个人戴上了手铐。

“好了，都起来。走。”穿军服的人对三个人说。

“为什么给我们带手铐让我们走？总应该知道原因吧?”正民哥说。

“你小子，黄嘴牙子还没退，废话怎么那么多。你是不知道原因斗胆开口吗？混蛋，看以后怎么收拾你!”

穿军服的人照正民哥的胫骨踢了一脚。

“组长，上房的人我认识，悠着点吧。”

姜刑警用下巴指了一下上房，对小平头说，然后让平壤嫂一家三人走在前面，离开了中门。军人肩上扛着用被面包的包袱。站在中门前的仙礼姐姐和吉中给他们让开了路。

小平头和刑警这才大步向上房走去。房东一家人正站在上房大厅和厢房栏杆前望着下房。

“您是这家主人吗?”

小平头望着站在厢房栏杆前的房东大叔问。

“是。”

“请去一趟 CIC。不光是您，还有您的妻子一块儿去。”

“CIC？我们为什么要去防间谍队？做错什么事了吗?”

双臂交叉在胸前的房东大叔听到 CIC 字眼，表情僵硬地眨着眼问。

“让你走你就跟着走好了。有需要调查的事。”

“请出示法官签发的传票。如果没有传票，我一步都不会动。”房东大叔望着大儿子说，“成俊，你马上去三德洞叔叔家，让叔叔马上过来一趟。”

“不管是叔叔还是小姐①，换上衣服乖乖地跟我走。我们和警察署性质不同。在我发火之前快点走。对你们客气，把我们看成什么了！”小平头好像要弄出什么事来似的，抽出别在军大衣里面的裤腰上的手枪，站到了房基台上。

---

① 韩语里叔叔和小姐语音接近，只差一个字。——译注

“知道了。我，我去。我换换衣服。”

穿着睡衣的房东大婶怕惹出祸来，谄媚地说完走进了厢房。

“总得知道原因才能决定去不去呀。我们家也有陆军上校，还有大邱警察署的高官。到底咋回事？”

房东老太太站出来挡住小平头说。

“我不是说有需要调查的吗？老奶奶，不知道什么叫调查吗？”

“调查啥？”

“请躲开。去了就知道了。”

成俊跑出了中门，片刻后，房东大叔夫妇跟着搜查官走了。

站在内院里的人，谁都没有开口说话。家里突然发生了三十多分钟的鸡飞狗跳的混乱，大家都感到莫名其妙。已经是深院大宅里的人忙着做早饭的时间了，可是谁都没有动。妈妈感觉到搜查官们都离开了，才走进中门，来到了内院，在厕所前站住了。此时，最先开口的还是京畿嫂。

“正泰那个年轻人犯了事。肯定是。其实，我以前就觉得正泰那个青年平常说话的态度很危险。他们把平壤嫂一家当成了赤色分子，看来正泰那个青年犯了什么思想方面的问题，现在被抓进了军队搜查机关。”京畿嫂扫了一眼周围的人，大家惊恐得没人说话。于是她望着俊浩爸爸，希望得到共同见解。“伤残军人先生，怎么样？我说得对吧？肯定是那样了吧?”

“是呀，听起来像是那么回事……我估计可能是某种那类的事，没想到正泰那个青年会那么偏激……”

俊浩爸爸像咬了生柿子似的涩涩地回答。

“正泰是不是跟间谍有接触？或者是不是暗地里从事那类活动?”兴奎先生问俊浩爸爸。

“不知道。因为战争，南北关系的沟壑被弄得实在太深了，加上又是两边都燃烧着憎恨的时代。不管怎么说，只要跟思想方面的问题有关，应该说事态是很严重的。”

“兴奎呀，你也看到了吧？你真要小心，要如履薄冰似的生活。想要在现实里生存下来，管好嘴巴比什么都重要。要句句千金，反复嚼过后吐出去。像咱们这样从北部过来的人，如果对思想方面的问题不加倍小心，说不定会碰上哪只手遭什么祸呢。”

京畿嫂恐惧得直哆嗦，叮嘱儿子。

“我是跟那边已经划清界限了，对我来说，在这边活得更自在。妈净操没用的心。”

“美善呀，你快去美国，把你娘带过去吧，当作邀请家属去。兴奎，你和大邱姑娘结了婚，就变成这儿的人了，可这地方太令人不安，我是呆不下去了。谁知道多咱会再发生战争呢。我真想离开这个国家，我受不了。”京畿嫂抓住站在旁边的美善姐的手，孩子似的撒娇。

“妈也真是的，没罪抓走谁？净担没用的心。”

听了一阵他们说的话，房东老太太迈着碎步走近京畿嫂一家。

“我说京畿嫂，那为啥把我家儿子和儿媳妇带走了？手铐是没戴，可为啥带走？就因为是房东带走的吗？”

“老奶奶，您真就一点感觉都没有吗？金泉嫂和正泰那个青年不是情投意合合伙犯了事儿吗？刚才那个尖下巴巡警，他经常来金泉嫂的店铺，我见过好几次了。金泉嫂不是奶奶的亲戚吗？”

“是呀，真的呀……”

老太太望着灰蒙蒙的天，长叹一声。

“可能是正泰那个青年和金泉嫂犯了啥事，或者是因为思想方面有啥嫌疑，金泉嫂和您儿媳妇又有关系，所以有必要进行调查吧。”

“以前，那个可恶的媒人经常出入善山的家时，我就对那个婚姻不中意，反对来的。他们坚持说她家门第好，长得漂亮……独立运动家的家庭？你说搞独立运动谁能给你田给你地吗？就是容易败坏家庭和蹲监狱呗。我们家和她们家是走完全相反的两条路的两极，我一开始就说八字不符……”

“奶奶，您到底是在说谁呀？该不会是说金泉嫂吧。”京畿嫂反问道。

“我说的是那个儿媳妇。金泉嫂和儿媳妇是堂姐妹，你们到现在还不知道吗？我们朴氏家族没一个干那种偏激的事儿的，那类种子都没有。我是说朴氏家族的人，就是日本统治时期也一直在政府做官吏，稳稳当当舒舒服服地过得很好的，可是……”

老太太突然打住话头，以不安的目光看中门，似乎怀疑是不是有窃听的陌生耳朵。

“听说儿媳妇在日本统治时代上过金泉女子高中？那个时代，从女子高中出来的人，相当于如今的博士呀。我们上女子高中的时候，如果不是才貌兼备的秀才，怎么能进女子高中呢。”京畿嫂炫耀道。

“要居家过日子的女人，学新学问干啥用？就知道看不起婆婆，妄自尊大，目空一切。”

安氏走到门扇倒在地上的平壤嫂屋前，往里看了看。屋里杂物散乱得一片狼藉，无处下脚。立柜的门和抽屉都敞开着，吊板上的柳条箱滚落在炕角里，盖子被掀开了。

“咋能弄这么乱，咋说也该把屋子收拾一下呀。”安氏脱了鞋走进屋。

“星州媳妇，我说，你还要被扣上啥帽子吗？干吗进那个阴森的屋里？你快去做饭吧。”

老太太对安氏发了火。

“吉男，别站在那儿，快过来。仙礼你快去洗米。”

妈妈叫姐姐和我。

我刚走到外院，成俊哥喘息着冲进了敞开着的大门，跟着，穿警服戴金边警察帽的中年男子闯了进来。此人是参加圣诞节前夜派对的大邱警察署警监，是房东家的亲戚。

下午，直到我要去报社送报纸时，去警察署的五个人谁都没有回来。我送完报纸回来的路上，经过洋鬼子市场时，去找过平壤嫂，她的货摊空着。我探头往宝金堂玻璃里面看，同样没看到房东大婶的影子。我回到家，顺花姐和正民哥直到那时还没有回来。平壤嫂家的房门敞开着，空房内仿佛是垃圾场，杂乱不堪，十分凄凉。

“现在才回来呀，辛苦啦。”夜深人静了，才从店铺传来了俊浩妈妈问候声。吉中透过面向店铺的巴掌大的玻璃往外看，然后说：“房东大叔和大嫂回来了。”仙礼姐姐还没来得及去开高柱大门，房东大叔夫妇穿过我们家的厨房，走进了内院。

“仙礼，吉男，不管谁问啥，你们都要说啥都不知道。不管谁问正泰那个人或金泉媳妇的啥事，你们都要无条件地说不知道，一定要这么回答呀，知道了吗？这不是说不好一句话就遭大殃的世道吗？”

妈妈低声嘱咐我们姐弟。

“爸，不知道，我不知道……”

躺在炕上的吉秀咳嗽着，说胡话似的嘟囔。因为高烧，吉秀两天来一直说胡话。他可能是喉咙肿了，除了粥什么都咽不下去。当他瞪着斜眼四处观望，用沙哑的声音说胡话时，他是那么凄惨，让人无以面对。他一粒药也没有吃，早晨烧退了一些，咳嗽却没有减弱。几天的工夫，吉秀的脸更加消瘦，成了只剩下大脑袋的畸形儿。

“我家吉秀要快点好起来呀。哎哟，我那可怜的孩子……”

妈妈轻轻地拍着吉秀盖着的被叹息。

那是妈妈在大邱落脚后第二年的事。妈妈经常讲那个故事，不过我当时在进永，所以只能在脑海里想象那个场景。妈妈说，那时勉强给三个孩子每天吃两顿饭糊口，有一次一整天没给孩子们吃饭，第二天早晨，妈妈去姨妈家要来了一碗大麦饭。饭太少，为了增多饭量熬了粥，妈妈没有吃粥，都分给了孩子们。也许是空腹里吃热粥吃得太急了，吉中把吃的粥全吐了出来。吉中把吐在炕上的胃液和粥刮起来吃了。吉秀可能注意到了妈妈用抹布擦炕，后来吸那个抹布吃。“吉秀当时只有三岁，可能那时脑子还转得比较灵，知道抹布上沾着粥，所以裹那个抹布吃。”妈妈说。我相信妈妈说的是真的。可是后来不知从何时起，我按我的想法改变了妈妈的解释。吉秀不是为了吸抹布上的粥，其实是和乡下孩子肚子饿时，顺手抓起柔软的土吃一口是同样的道理，他是本能地为了填饱肚子才裹了那个抹布的。不过无论我如何解释，每当回想起有关吉秀的那个轶事，我都因为他如今不活在这个世上，由于对他的怜悯之情，内心总是痛苦地震颤。

第二天天亮后，我洗把脸，为了解大便走进内院的厕所，已经有人占据了厕所。不知顺花姐何时回了家，她正蹲在地板廊前，在灶膛点火烧劈柴做早饭。为了能在灶膛点火做饭，下房的每一家地板廊都可以拿掉几块木板，以便在那儿放上锅做饭。我看到顺花姐很高兴，正要走过去，因为京畿嫂蹲坐在她旁边抽着烟搭话，犹豫了一下。

“听说 CIC 那儿对思想犯治得比警察署狠。搜查官没有拷问吗？没扒衣服吗？”京畿嫂问顺花姐。

“大婶，您不要总问让人气炸肺的话好不好？如果受到那种拷问，我还能出来做饭吗？”顺花姐生气地顶了一句。

“见着你哥了吗？那进行了对质审问了吧？”

“没见到。可能在哪儿呆着。现在没必要再四处找了，反而轻松了。”

“没见着金泉嫂吗？那个娘们儿没搬到七星洞吧？她骗了咱们，和正泰那个青年藏起来了。”

“……”

“要去探视你妈，得带上便当（饭盒）去吧。听说地下审讯室只给豆饭[①]吃，整夜不让人睡觉，还打人呀。这时候要吃好呀，别省钱，你就杀鸡炒牛肉做菜送去吧。”

“大婶你真是操心的命。我不跟您说了嘛，我会看着办的，您不必操心了。”顺花姐十分生气地说。

“你说话咋这样不懂规矩。远亲不如近邻，我是担心平壤嫂做不成买卖，一家人怎么生活，我本来想为你们分忧，你才几岁，竟然句句带刺儿。我要是娶了你这样的儿媳妇立马就得气死了。”

---

① 监狱里给犯人的饭大米少，放很多豆，比喻蹲大牢。——译注

京畿嫂猛然发怒，把烟头扔进了柴火里。

“谁说要当大婶的儿媳妇了吗？专拣让人气炸肺的话说。”

“你，你这说完了吗？毛丫头，一直让着你，真的不能放任你了。把你弄进警察署，让你吃三个月的豆饭才能改掉你的臭毛病。”

从一清早开始就要打架了，兴奎先生拉开门劝他妈妈，正民哥也推开门往外看。俊浩妈妈从店铺里走出来劝架。

“都不要说啦。来到南部本来都活得很艰难，怎么还能打架呢。顺花因为整夜被调查受了不少罪，没睡好觉，伤心才那么说的，大嫂应该忍一忍。”

“忍也是有分寸的，大清早就被小几十岁的东西横加指责，像话吗？”京畿嫂说着放了一串响屁，朝站在厕所前的我问，“吉男，厕所里有人吗？”

“是，好像有谁在里面。”

“我们得尽快买房子搬走。有句古话叫择邻而居。真是恶心死了。和恶心的人家作邻居，别让我们家也溅着粪水。”京畿嫂说，接着对自己的屋说，“美善别贪懒了，快点做饭。煎一下鲅鱼。放了假，最近反而天天回来得更晚了，早晨能不犯困吗？”

俊浩爸爸从厕所里出来了。我拿着旧报纸马上钻进了厕所，因为京畿嫂经常加塞。外面依然传来京畿嫂的说话声。她叫骂的对象分明变成了正泰先生，却让我心里也有所触动。

“眼下的时局，要越境去北部怎么可能。停战线的戒备多森严呀，怎么可能过到北部去？过去了又要怎样？除了正泰和金泉嫂谁还要跑到那边去？那样的生活还不够腻味，还要过去？他们那种狗男狗女应该不管三七二十一统统枪毙。战争死了三百多万人，因为那怨恨，举国上下依然哭声一片，这是啥世道，居然还怀着那种赤诚？”

“大婶，您说得太过分了。怎么能那么说。”传来了正民哥的声音。

接着传来了兴奎先生和俊浩爸爸劝阻的声音。不知京畿嫂从谁的嘴里听到的，她已经掌握了不少正泰先生的情况。

正泰先生是逃往北部的途中被抓住了？真的会那样吗？他为啥把一家人留在这儿跑到那边去？那儿真的是值得冒着生命危险过去的地方吗？真的是比这儿更好的世界吗？金泉嫂和福术咋样了呢？他们也想逃到北部去吗？难道福术他爸在北部吗？我费力地拉着屎，用忐忑不安的心抛出一个个疑问。如果不是京畿嫂催促我快点出来，我会粘在厕所里，在蹲着张开肛门的舒服感中，继续追加那些疑问的。

平壤嫂失魂落魄地回到家，是在三天以后。从回来第二天起，她一如往常穿上军服去洋鬼子市场。平壤嫂回来后，防间谍队的军人和姜刑警轮换着到平壤嫂家进行了一些调查。大约从那个时候起，大概是从平壤嫂嘴里流露出了消息，有关正泰先生的事情，三三两两地在深院大宅里传开了。那些话大致是通过京畿嫂传开的。

“那个娘儿们，肯定是在和平壤嫂家隔开的木板上挖开了洞，耗子似的偷听了所有的话。和自己毫不相关的事都那么想知道，也是天性呀。”正如妈妈说的，京畿嫂叫嚷的话里可能添加了她的推测，不过她说得太像回事了，深院大宅的人不得不相信她的话。

有一天，我听到了京畿嫂坐在俊浩家的店铺里，吃着烤红薯对俊浩爸爸说的话。

“听说正泰那个人，是想带着金泉嫂和福术逃到北部去呀。听说在江原道重重太白山脉那边，一些隐藏在南部的人民军残部和从事过左翼活动的赤色分子，现在还能轻松地越到北部去呢。那帮家伙有越过去的渠道，好像还有专门向导呢。可是不知道咋搞的，向导和金泉嫂还有福术都平安地过去了，就正泰那个人被哨所给抓住了。俊浩他爸，是不是很奇怪？带着孩子的女人都沿着艰险的路越过了铁丝网，全身健全的年轻小伙子反倒被抓住了。我推测呀，可能是两种情况。那不是有铁路道岔子吗，报纸上偶尔也有报道，说负责铁路道岔子的守护员，为了救出企图卧轨自杀的女人和孩子搭命之类的事儿，正泰那个人，可能是先帮助金泉嫂和福术越过后，自己跟在后边越过铁丝网时被抓住了。要不就是他把金泉嫂一家送到北部后，自己回大邱时被抓住了……我想是两个中的一个，俊浩爸爸怎么看？”

安氏以她的方式不断询问金泉嫂的消息，然后告诉给妈妈。周氏经常经过壮观洞的胡同，每当那时安氏为了见他都来到店铺，回内院时打开我家的门，聊一阵后回去。

安氏说，房东大婶的娘家在金泉市南山洞，在当地被称作郑法官官邸，是历经几代的门第高贵的儒生，可是从朝鲜末期开始，家族成员中有好几位参加了义兵和独立运动，从此家道颓败了。金泉嫂的丈夫是在日本统治时期上过普成专门学校的知识分子，从学生时代起，就是活跃的左翼民族运动家，在监狱里迎接了“8 · 15”解放。金泉市被共产党统治后，他担任了金泉市党委副委员长，“9 · 28”收复后，为了逃避追捕，他孤身跑到了北部。在金泉嫂之前住在外院店铺的人，是光复后从日本来的房东大婶的堂叔，听说在战争爆发那一年，他在人民军部队南下时，带着全家人逆行去了北部。所以，金泉嫂家里显然有很多搞左翼运动的人。安氏说正是因为这个原因，成俊少爷去美国留学的事也常常在确认身份问题上被卡住，为了疏通关系，房东家搞了派对，还给人送了礼。

随着时间的流逝，各种对平壤嫂一家不利的传闻不断流传开来。听说要报考汉城大学法学院的正民哥突然改变了志向，决定报考庆北大学医学院。因为正泰哥的缘故，他即使通过了司法考试，也难以被任命为检察官和法官，因此选择了专门职业。因为临考试的几个月他才从文科转到了理科，所以他能不能考上还不很明朗。另外，顺花姐和在釜山部队的老乡出身的陆军中尉结婚的事，也不可避免地要吹了。一句话，因为正泰先生惹的事，平壤嫂一家被弄得一塌糊涂。不过，京畿嫂的儿女们却仿佛做给人看似的，婚事进展得非常顺利。

某一天晚上，我正坐在俊浩家店铺里，兴奎先生下班路上带着恋人一起来过店铺。

“京子小姐，不想尝尝烤红薯吗?”兴奎先生问。

“已经吃了三个奶油面包，还吃?”兴奎先生的恋人羞涩地回答。

“没什么，就是想给俊浩爸爸卖点烤红薯才问的。”兴奎先生有些尴尬地回答，然后问叫京子的小姐，“见见妈妈再回去吗?”

“时间太晚了，会失礼的。也没做什么准备。今天我就回去了。后天晚上在那家面包房再见吧。”

“那我送你走吧。”

两个人肩并肩，顺着往钟路走的胡同走去。在我看来兴奎先生的对象不像是富人家的女儿。她穿着褐色毛衫和黑色裤子，衣着朴素，脸上也没有化妆。身材也不苗条，胖乎乎的。她不像是干练的都市女性，反而像是有些土气的纯朴的少女。兴奎先生吹着口哨再次出现在店铺前面时，帮助丈夫干活的俊浩妈妈称赞兴奎小伙子找了好对象。她似乎仔细观察了叫京子的小姐。

美善姐和叫詹姆士的美军上尉的恋爱进展顺利，京畿嫂在大院里传布消息说，春天上尉回美国时要带美善一起走。

詹姆士上尉不断找来，甚至走到京畿嫂屋前，从鼓鼓囊囊的军用包里拿出各种美国货。京畿嫂炫耀那些美国货，卖给上房和邻居。我们兄弟从兴奎先生那儿蹭吃过美制饼干和巧克力。每当京畿嫂大肆吹嘘詹姆士上尉时，成俊哥便把隔壁的门拉开一条缝，露出脸来，他的表情很是值得一看。他一脸怒气，忽红忽绿，最后愁眉苦脸，粗暴地关上门，把收音机的美国大众歌谣声音放得极响，让人感到震耳欲聋。他对美善姐虎视眈眈，把她拉进派对当翻译，结果却搬起石头砸了自己的脚。

“美国人，冷不丁看上去很难看出年龄，詹姆士上尉肯定不是未婚。他起码有三十了。说不定在美国，他的妻子孩子正眼巴巴地等着他呢，美善小姐要遭大殃的。就算是他把她带到美国去了，也可能吸干了油水后，像扔掉旧鞋子一样扔掉。”安氏对妈妈耳语说，成俊吃饭时跟他奶奶这么说的。

“我知道你是打心眼里早就看上了詹姆士那个上尉，所以穿了那么耀眼的晚礼服参加派对。从自己肚子里出来的孩子的心，我咋会不知道。可是去美国之前，你绝对不能把身子给了他。看到办完离婚手续证明之前，也不能上飞机。你要知道，这一次将决定你人生的一切。你要冷静慎重，要让你的这一次决定不会后悔。书上不是说了吗，决定人生的胜负只有一次。”

平壤嫂有一天来到我家，说这是京畿嫂给她女儿的忠告，她是通过木板墙听到的。那时，正泰先生已经从防间谍队转到了警察署，平壤嫂去探视后回来的路上，到我家坐了一会儿。

“他瘦得皮包骨头，看来肺病恶化了。他在监狱里还顽固地说，就是死也觉得北部的政治好，他正好认识了要一起过去的地下党员，由那个人带路想再回到北部去。看来呀，他真的死了才能从监狱里出来。他是因为咳嗽突然发作被抓住的，他最终会因为那个病死掉后才能出来。在美军空袭的人间地狱般的轰炸中都活下来了，那宝贵的青春竟然要在监狱里了结……”平壤嫂在妈妈面前大声痛哭着叹息。

我不知道要和他一起越境的地下党员是谁，但我猜想，那个人也许是脸上有刀疤的可疑的男子。从平壤嫂说的话来看，毫无疑问，金泉嫂和福术还有那个男子都平安地过去了，正泰先生却在穿过铁丝网的瞬间，因为不可遏制的咳嗽被巡警发现了。

第十章

过了二月上旬，白昼明显变长了。到了夜晚，气温依然降到零下二十几度，窗户纸通宵呼号，我睡觉时，把咳嗽不停的小弟弟吉秀当作火炉抱在怀里。不过到了中午，很多时候是阳光明媚的温暖的天气。

流感是如此厉害，吉秀卧病躺了一个多月。不过，吉秀坚韧的生命还是挺了过来，他此时已经开始出屋了。正如妈妈说的，吉秀没用一付药能活过来，的确是个奇迹，他的命大。当时，那么想是理所当然的，可是开始活动的吉秀已经不是先前的活蹦乱跳的孩子了。他掉光了头发，犹如宇宙人，成了大头将军，他虽然和过去一样迈着罗圈腿，腿却像麻雀腿一样软弱，似乎已经没有了站起来的力气，他只能扶着墙缓慢而摇晃着迈步。

“哥，爸去。”

吉秀经常做出苍白而明亮的微笑，跟我说去俊浩家店铺坐着玩。我一把抱起新棉花般轻飘飘的吉秀，坐到俊浩家店铺的门槛。那时，俊浩爸爸常常欢喜地说吉秀来啦，然后挑一个小的烤红薯给他。吉秀已经没有力气跟俊浩在外面跑着玩了，他从俊浩爸爸手里接过烤红薯，坐在门槛上一点一点掰，用唾沫化开来吞咽，要吃上一个多小时。

坐在温暖的阳光下，斜着眼呆呆地望着在胡同里来来往往的行人，用蜘蛛手掰开红薯，一小口一小口缓慢地吞咽，吉秀那生了病的小鸡形象，至今我都无法忘怀。不，每当糊窗户纸呼呼作响的寒冷的冬夜浮现在眼前，那深院大宅岁月就犹如冬天夜空里高悬在风那边的天空上的灯光，我便会凄凉而温暖地回想起来。

每天夜里，犹如温暖的小动物给我充当火炉的吉秀，虽然从顽固的流行性感冒里活了过来，但是只勉强挺过了三年，在苦难的阴影即将在我们家消失前，他和那“可恶的世道”一同死去了。他因为摇摇晃晃的脚步和发音不清，甚至被别的孩子都去的小学拒之门外，更没有享受过医院的治疗，就在某个寒冷的冬天，因脑膜炎夭折了。那时他年满八岁。当时，我们一家住在药典巷路边的德济中医院的门房里，离深院大宅只有一百来米远。吉秀的尸体被装进空米袋子里，被某个背货架的人放在背架上拉走，埋在了大邱西部边缘的圣堂池后面的不知名的山沟里。

我知道这个世道对死亡有多么不公平，是在吉秀死后的第二年，我当时正在上高中二年级。那年晚秋，药典巷路边出现了许多私人小轿车，数十个挽联塞满了壮观洞长长的胡同，在风中飘舞。深院大宅的上房老太太年过八十去世了。我很久没见到穿着丧服的，已经成为大邱纺织业界实力派人物的房东大叔了。他成了大腹便便的胖子。开往善山郡祖茔的灵车，除了玻璃窗，整个车盖满了数千朵白菊花。

吉秀活的年头，不到房东老太太的十分之一，他没尽情吃过一次白米饭，就悄然死掉了。他的死，不能不说是太凄惨了，如果真有掌管生死祸福的神，的确让人怀疑，他的死是不是因为他前生所犯的某种罪过惹怒了神而引起的。

在吉秀死去之前，妈妈经常泪流满面地说："我们吉秀呀，或许顶多有点吃东西的欲望，你会骗人吗？你会说假话吗？你是怀有天使之心的孩子，等你以后闭上了眼，你会比任何人都先到天堂的。你会在天堂里活得很幸福的。这么一想，我的心稍微轻松了一点。"

每当此时，在吉秀的眼里，妈妈所说的天堂仿佛就是邻居家，他那太过干瘦的成了骸骨的脸上弄出皱纹，嘻嘻笑着，仿佛讲述某种预言似的说："我天堂，跟爸玩。"

他那将身体的肉和水分完全抽干的，只留下骨头和皮的，甚至于掉光所有头发的丑陋的疾病，如果深究其病因，我直到现在都确信，那是出生后便遭遇战争，出生两年来不要说奶，就连干稠的食物都吃不到，因此大脑和五脏六腑均没有正常发育而造成的。

每天有十五六个小时不停地叫嚷着头疼的，死前皮包骨头的吉秀的样子，至今想起来都很恐怖。不，我想把弟弟置换成因营养失调而饥饿的埃塞俄比亚的儿童，借以努力抹去他的形象。吉秀的形象，较之临死，倒是在深院大宅时期，睡眠时都像在石台阶下的小狗，冻得哀叫着喘息的样子更令人怜爱。如今，即使是到了冬天，我和吉中也在各自拥有的住宅楼的暖和的屋里，将中空纤维被子裹在腿上，伸展开四肢舒舒服服地睡眠。吉秀是不是现在依然作为寒冬的夜空天使，或者是变成了凄凉而温暖的灯光，俯视已经成了中年人的我们兄弟呢？那个天国是不是没有寒冷和饥饿的地方，我不得而知，可是吉秀是不是现在依然斜着眼，扫视着半岛的边边角角，叫喊着“爸”，寻找不知面孔不知生死的爸爸呢？那幽玄的世界，我无法知晓，但是每次看到冬天的夜空里，一颗从星群中脱离开来的、独自时隐时现的星星，那个唯独让人感觉寒冷的影只形单的星星，我便觉得那颗星星就是我的小弟弟，于是浮想起幼年时的吉秀。

开始对正泰先生进行审判，是进入三月，深院大宅的花坛里迎春花盛开的时节，是在上房的成俊哥去美国留学之后。当时，去美国留学犹如上天国，上天摘星星一样高不可及。因为金泉嫂家的事，深院大宅的人们都以为成俊哥去美国的事会泡汤，不过，看来还是门第和财力轻巧地解决了问题。成俊哥仿佛和美善姐竞争谁先去美国似的，紧锣密鼓地往前赶，可是他当真要离开时，却似乎恋恋不舍，去和京畿嫂一家告别，说到美国后会写信来。据说他还对美善姐说到美国后再见。天晓得他到了辽阔的美国土地后，如何到处寻找她，他只是留下了没什么可能性的留恋。

对正泰先生进行一审公判时，检察官提请判处无期徒刑，最终宣判为有期徒刑二十年。平壤嫂叹息说如果正泰先生认罪，可能会被提请为十五年徒刑，最终宣判十年左右的徒刑的，可是他的言词惹了麻烦，量刑加重了。

在法庭上，正泰先生激烈宣讲了四十多分钟，讲述朝鲜民主主义人民共和国解放南朝鲜的正当性，说这个朝鲜国土应该实现共产国家社会。具有强烈好奇心的京畿嫂跟随平壤嫂出席了庭审，她旁听审判后回到深院大宅发布了信息。

“干巴瘦的正泰，给人的感觉更了不起。他连连咳嗽，要吐血似的，宣称朝鲜分裂的责任在美国，南部是美国的殖民地，他一条一条列举着演说，真让人吃惊。对了，说到美国时，正泰必定说是美帝国主义。他宣称政治界、经济界、军队和警察都被卖国奴、亲日派一伙控制了实权，就是一个活生生的证据。他说美国让他们出面，以实现日本帝国主义统治式的殖民统治。审判官可能听不下去了，打断了他的陈述。少数垄断资本主义啦、帝国主义式的殖民经济体制啦，是作为阶级矛盾的解放战争啦，正泰使用这些深奥的文字，侃侃而谈。检察官大人问他那你为什么来到了南部？他说他和父亲商量后，相信由于中国军队的参战，南朝鲜的解放是可能的，因为美国的狂轰滥炸太残酷，为了临时躲避来到了南部，他回答得很像回事……”

京畿嫂不仅详实地讲述了正泰先生的主张，还讲了审判庭的气氛，让听的人仿佛身临其境。

正泰先生甚至拒绝了国家指派的辩护律师，自己放弃了上诉，他最终选择了“直到南朝鲜被朝鲜民主主义人民共和国统一的那一天为止”都在监狱里生活的人生。

我在地方大学毕业的那一年便来到汉城，在出版社找到了工作。但是我的对象却是由壮观洞的姨妈介绍，娶了大邱姑娘，妻子的娘家至今仍然生活在大邱凤德洞的南山脚下。每逢夏天休假，人们都避开炎热寻山问海时，我反而常常奔全国最热的地区大邱而去，把一家人放在妻子的娘家。如今孩子们都已是考大学的年龄，我也在离开职场后以自由写作为业，那些休假也都成了往事。不过五年前，我还在职场工作时，那一年的休假我们还是去了大邱。

我遇到大学同学，白天喝了酒，然后走在中央大街上。时间已经接近下午六点了，太阳还挂在天上，我在新建的漂亮的五层建筑物上，看到了一个非常眼熟的牌子：崔正民内科医院。正是我在深院大宅生活时，报考医科大学的正民哥的名字挂在那里。我在牌子前犹豫了一会儿，踏着阶梯走进占用了二层和三层的医院。

年过四十五岁的正民哥已经变成了头发有些灰白的中年人。当然，他没有认出我。同样，我对于戴着眼镜的，胖得恰到好处的脸也感到陌生。互通了姓名后，我们高兴地握住了手。刚好是下班时间，医院里没有患者，他和我到了那个建筑物的地下咖啡屋。在凉爽的空调下，我们各自点了一杯冰咖啡。深院大宅的事自然成了我们聊天的话题。

“俊浩爸爸还记得吧?”正民哥问。

“当然记得了。”我回答。

“他在七星市场往庆北大学方向的路口处开了书店。我偶然经过时见到了他。俊浩妈妈的确是很执著的人，现在还在那个书店旁开着一家小店铺。当然，兼做住宅的那个二层建筑物是他们自己的。我和俊浩爸爸在附近的啤酒屋喝了一杯啤酒。他也老多了。”

在执著方面，平壤嫂也不差，我便问候了平壤嫂。

“妈妈和我在一起。姐姐嫁给了工程师，大外甥今年大学毕业后已经工作了。对了，李兄，你母亲年纪也很高了吧?”

“三年前去世了。平常血压就高……”我说，然后小心地问了正泰先生后来的情况。

“别提了。那件事，不是发生在五五年正月吗?他用一只肺挺了二十年，刑满后，七五年正月被释放了。可是，同年六月不是新出了《社会安全法》吗?他因为拒绝改变立场，受到了保安监护处罚，刚满七个月后再次进了监狱。那深入骨髓的理念，哥哥在那么漫长的监狱生活中一直固守着……今年整整二十八年了。等于他人生的一半是在监狱里度

过的。如今剩下的半个肺，功能也很不好，不久前，我去清州保安监护所探视，我对他说妈妈的最后夙愿是去世前和孩子吃一口锅里的饭，在一个屋里睡觉，哪怕是一天也好，我劝他改变立场后回归社会。但是哥哥没有回答……一方面是上了年纪，一方面是因为哥哥，妈妈现在几乎失明了。因为哭得太多……”正民哥说不下去了，拿出手绢摘下眼镜擦眼泪。

两个月前，我在报纸和杂志上看过有关徐俊植先生的报道。身为旅日侨胞的他于一九六七年来汉城大学法学院留学，一九七一年被陆军保安司令部以“留学生间谍团”罪名逮捕，获了七年刑，一九七五年七月制定社会安全法后，他三次拒绝改变立场，因此以保安监护的名义再次入狱，又蹲了十年。今年五月，他在入狱十七年后，以“居住限制”的条件被释放。读着《深泉之水》月刊八八年第六期上他写的文章，我不能不想起正泰先生。在那个文章的八十八页上出现的这样一句话，无异于有关正泰先生的报告书。

……尤其残忍的，是对患了不治之症而被宣告了生命大限的老年人，不是释放他们，以便让他们能够与家属共度一段所剩无几的生命后死去，而是将他们拘禁到即将咽气的危机时刻，向他们不断抛出诱饵，只要改变立场就立即予以释放。任何人都很容易看得出，这不是因为“再次犯罪的显著的危险性”而监禁的。我在这里长期生活的过程中，只看到一个人屈服于这种诱惑，为了死去之前哪怕是在外部世界生活一两个月，从而改变立场后被释放的人。除此之外的其他人，都在即将来临的自身的死亡面前，直到最后都毅然地保持住良心和人的尊严，直至临终，始终孤独地在单人牢房里同疾病作斗争，几乎在被释放的同时死去，宋顺义（肝癌）、崔占洙（肝癌）、孔仁斗（脑肿瘤）、文甲秀（胃癌）、李相律（脑囊虫症），这些老人我是决然不会忘记的……

这些老人，大致是五十年代初期，在停战前后，因“附逆”罪或是间谍罪而获刑入狱的，后来又因为社会安全法再次被投入大牢，是长期囚役的政治犯。如果正泰先生依然作为拒绝改变立场的共产主义者而活着，他的年龄应该有五十五六岁了。

仙礼姐姐顺利考上大邱师范学校后，我和姐姐一起去庆尚中学递交了入学申请书。庆尚中学虽然不是一流学校，却也并非三流，它的主要生源是城里小学中成绩处于中游的学生，是学费相对比较便宜的公立学校。在距离入学考试不足两周的时候，我不得不全身心地投入到学习中。此时已经结束了考试轻松下来的姐姐帮助我学习。

“我真没想到你这么不会解数学题。连五年级的题都解不了，你想咋进中学呀?”

姐姐给我做辅导时经常发脾气。其实，我在进永的蔚山人搞的客栈打杂时，有一阵连教科书和笔记本都没有，只是凑合着上学，加上没有任何人的监督，我的学习基本上是放任自流的。尤其那是农村小学，我的实力是显而易见的。我来到大邱后的近一年的时间里，看着妈妈的眼色装模作样地学习，其实只是热衷于读童话书和小说，小学学到的那点东西也忘得差不多了。

“考不上中学干脆就算了。没那个脑子学了也白学。你就送送报纸，不送报纸时就跟汉柱那孩子一样，做买卖不就得了。”

妈妈的话让我更加消沉。

美善姐和詹姆斯上尉办好了结婚手续，以他的配偶的名义去美国，正是在这一时期。美善姐对于不能参加她哥哥的婚礼就离开很是遗憾。尽管詹姆斯上尉说一定邀请岳母去美国，京畿嫂却流着泪对女儿千叮咛万嘱咐，一定要早日带她走。不过，深院大宅里的租户们在那年四月中旬纷纷散去了，所以京畿嫂后来究竟去没去美国，我至今不得而知。

房东家的家境像燃烧的烈火一样太过兴旺，没有房屋的人从而被赶出了深院大宅。这件事，发生在我参加庆尚中学入学考试落榜后的三月下旬，是由房东大叔亲自通报的。

某个星期天早晨，刚刚吃过饭，安氏来到我们店铺房，通知说房东大叔要见所有的租户。

“终于让腾房子了。”妈妈没有怎么受惊，只是淡淡地说道。

自从几天前测量技师来回出入内院和外院，展开土地登记图进行测量以后，住在深院大宅里的租户们便猜测，正在发生某种不同寻常的事。我们住的店铺房原本就要在三月底腾给宝金堂的郑技师，所以已经找好了要搬的地方。那所房子位于从壮观洞往钟路大街方向去的长长的胡同尽头附近，是后来被我们称作“建植他家”的四间瓦房的对面，妈妈跟房东约定四月八日入住。那所房子的租住条件是保证金五万元，月租金三千五百元。我听到妈妈的话，想到在整个夏天里我们兄弟那么忍饥挨饿，妈妈却攒了多达五万元的钱，我暗自感叹不已，同时心里骂妈妈太狠毒了。

“听说下房和这个店铺，还有大门全都要扒掉，然后重新建西式漂亮房子。”安氏说。

“我也听京畿家的说了。”

安氏正要走出厨房，犹豫着转过头来，不合年龄地红着脸说：“仙礼妈，我也要离开这个家了。”

“不干了？要回星州老家吗？”

“不是有那个周君吗，我决定和那个劈柴的周君回乡下种地。娘家说分给我一点地，我想回去种地、养猪、再开点荒……周君说希望在某个僻静的农村种地生活，所以我们做了决定。”

“好。周君那个人长得就像庄稼汉，又勤奋，心性又憨厚。这都是因为安氏心眼好，上帝赐给你的福呀。周君从北部孤苦伶仃地一个人来到南部，是孤单的人，星州媳妇要比任何烈女都更真诚地伺候他呀。要多生儿女，美满地生活，这样彼此才能了却由战争带来的遗恨啊。”

妈妈抽噎着说。

安氏怕耽误播种时间，在下房被拆毁前打上包袱回了老家。

几年前，电视台长时间直播寻找离散家族节目时，我一有空就盯着电视看，看周氏会不会出现在那个屏幕上。黄海道遂安郡三亭面，是我现在都没有忘记的地方。因为周氏不分时间和场合，总是把故乡挂在嘴边。在电视上，我看到过大邱某孤儿院出身的中年女子挤眼泪的画面，她自称叫玉琴，和当年的少女玉很相像，但是我不敢肯定她就是深院大宅时期的玉。我只是猜测有那个可能性。而我最终也没有在画面上发现周氏。不，周氏也许已经找到了父母兄弟，也许是我错过了他出现的画面。

与那个深院大宅相关的人，我在报纸上只找到了一个。那是我从军队转业的那一年，就是一九六六年秋天。我当时正在庆北印刷厂印制大学的报纸，闲暇时看过一张日报。报纸上有指甲大小的照片，虽然无法找出那张脸上的刀疤，但是他那细长的脸，很像来找金泉嫂的可疑的男人。

> 逮捕潜伏间谍。停战以后，便以大邱地区为舞台暗中活动，自一九五四年至一九六三年三次往返“北傀”，将获取的各种军事机密报告给“北傀”对南工作部，同时进行旨在确保据点和潜伏手段的策反……

我的推测也许与事实不符，不过读了那个报道后，我确信他就是左脸从脸颊到下巴有长刀疤的汉子，我猜测是他安排了金泉嫂和正泰先生的越北行动，并且提供了渠道。我每每想起他们一行越过森严的停战线防栅的令人窒息的瞬间，那个向导的面孔就被他那轮廓锐利的面孔所替代。

我跟着妈妈进入内院，下房的人们已经三三两两地站到了房基台下。房东大叔双臂交叉在胸前站在房基台上。

“啊这个，从一大早开始，就可能是不大愉快的话题，可是我要请在我们家租房住的各位，在下个月十日之前腾出房。各位去年经历了夏天的雨季，也知道我们家的大院比较深，一到夏天就会发水。因此，我们打算借此机会，拆掉全部下房，把外院垫得和内院一样高，扒掉下房后新建两层洋房。我们计划雨季到来之前封顶，所以各位搬家越早越好。外房也要拆掉，新建司机用房和管家用房，所以也请同时腾出来。众所周知，我们家上个月装了电话，我买了一辆私家吉普车，所以需要司机用房。”

房东大叔话音一落，俊浩妈妈就走近妈妈窃窃私语。

“宝金堂郑技师那个人纯粹是骗子。他肯定从房东大婶那儿听到过扒房子的事儿，可还让我每个月付六百元，而且让我预付一个月。怎么能说那种马上就会露馅的谎话呀?”

妈妈可能有些难为情，只是笑。因为我亲自找到宝金堂，将我家要付的三月份的六百元交给了郑技师。两个月前，妈妈已经将和郑技师的合约条件透露给了俊浩妈妈。

深院大宅的租户们住满了约定的期限，于四月十日都离开了。平壤嫂家搬到了洋鬼子市场末端的东仁洞，俊浩家搬到了有很多苹果园的伏贤洞的难民木板房村，大家就这样各自租房各奔东西了。只有京畿嫂家在兴奎先生确定了结婚日子后，媳妇娘家给他们租了一套二居室结婚用房，在深院大宅的租户中最轻松地搬了家。我们家搬到了新的出租房，距离深院大宅只有一百来米。

四月中旬的某一天，在去送报纸的路上，我目睹了那每堵墙壁都凝结着苦难的人们的悲哀、眼泪和愤怒的四间下房，外院店铺房，以及随时要倒塌似的高柱大门被拆毁的瞬间。我内心的一个角落崩塌下来似的，疼痛敲击了我的心。那天，我郁闷了一整天。

人生的郁闷，我也别无二致，到了四月下旬我才勉强进入中学，第一次穿戴上了梦寐以求的校服和校帽。那是我送报纸时，偶然看到贴在电线杆上的招生广告后入学的学校，是新近成立的公立中学。由架在防川上的寿城大桥而得名的寿城中学，连校舍都没有，临时借用了在三德洞的庆北大学师范学院附属高中的两间教室。学校的教师，包括校长在内只有五名，学生是收罗了错过入学时间而闲呆着的孩子，勉强超过四十名。学生中甚至有几个因战争耽误了学习机会，脸上长满粉刺和胡子发黑的大块头，他们一到休息时间就躲到厕所后面抽烟，初中一年级竟然胁迫抢劫附属高中学生的钱财，惹是生非。其他的人也大多是不爱学习的懒鬼，上课时搞小动作，或者常常冒出一句“老师讲故事”的令人啼笑皆非的荒唐话。也许是因为新建的学校没有传统，也许是那些老师是被好学校淘汰下来转到后进学校的缘故，老师们也对教学不用心。我对学校的风气感到失望，每天上学路上十分郁闷。不过，作为对我第一次考试落榜的惩罚，我不得不上学费非常低廉的那类学校。

在我百无聊赖地往来于学校和大邱日报社之间的四月下旬的某一天，我目睹了用卡车拉来的新土，填平那个深院大宅的凹陷的外院的施工现场。我在大邱生活的第一年，就这么被埋葬了呀，我满心悲哀，注视着那个施工场景。饥饿和悲伤如此被埋葬，在我的眼里抹去踪迹，让我感到欣慰，不久，二层洋房将落在我那卑陋的人生足迹之上，在那个地方矗立而起。

译后记

发生在二十世纪五十年代初的朝鲜战争，对于中国人，无疑是记忆犹新的，作为曾经的亲历者，对这场血腥的而且对半岛乃至世界产生了深远影响的战争，我们或多或少有所了解，也希望了解得更多。文学作品历来聚焦于社会热点问题，在韩国，出现了许多与这场战争相关的文学作品，并且形成了一股文学思潮，这股“六二五”文学思潮，集中描绘和再现了这场残酷的战争，对战争本身以及它带给韩国社会的冲击，进行了广泛而深入的探索、批判和反思，反映了韩国人对于朝鲜战争的认识。这些作品对于我们了解这场战争无疑是有益的，也有助于我们了解韩国社会历史。

说到韩国“六二五”文学，就不能不提到金源一及其作品。韩国当代著名作家金源一，一九四二年生于庆尚南道金海市，自一九六六年开始发表作品，一九七三年出版《黑暗之魂》引起文坛的关注。此后发表了一系列作品，通过描写深深烙印了国家分裂伤痕的作品，如描写家庭悲剧的《彩霞》《迷惘》《深院大宅》；以及展示光复初期和朝鲜战争时期韩国社会面貌的作品，如《火之祭典》《冬季峡谷》等等，多角度描绘了韩国社会历史，特别是通过在他的作品中占有相当大比重的与朝鲜战争相关的作品，引领了韩国的“六二五”文学思潮，从而确定了其在“六二五”文学的代表性作家地位。金源一代表作品有《彩霞》《冬季峡谷》《深院大宅》《长青松》《爱啊，路在何方》《悲哀岁月的记忆》等长篇小说，以及短篇小说集。

金源一的作品，除了早期描写被忽视了的一般民众人生的作品，大部分以南北分裂的现实为主题，集中展现了战争给韩国社会带来的冲击和灾难，以及对战争的思考。他的作品在描写韩国人的被毁损的人生中，展现由朝鲜战争和南北分裂形成的韩国的近现代史，并且力图通过他的作品所描绘的世界治愈战争带给人的创伤。

金源一的作品大致分为两个系列。一是再现光复初期至朝鲜战争期间的社会，以现实主义手法创作的小说，这类小说精细而形象化地再现了当时的左右翼都忽视人的尊严，将家族共同体置于脑后，出于意识形态的对立而对抗，最终引发同一民族之间战争的过程；二是通过描绘朝鲜战争和南北分裂的受害者，以及他们彼此之间的爱和理解，治愈由战争带来的创伤的小说。作者通过其一系列作品，热诚地期望和号召以跨越意识形态的，以对人类自身的爱和理解来跨越彼此对立，从而实现社会和平和民族和解。

金源一的小说开拓了七十年代以后韩国文学史上最重要的文学倾向，即“六二五”文学，他创作了大量有关国家和民族分裂悲剧的小说，是分裂小说的典范。他以其突出的文学成就获得了现代文学奖、韩国文学创作奖、东仁文学奖、李箱文学奖等韩国的诸多文学大奖。

发表于一九八八年的《深院大宅》，是金源一的代表作品，同时也是韩国“六二五”文学的代表作品。该作品客观生动地描写了由战争和南北分裂而引发的社会悲剧。

作为战争文学的《深院大宅》，没有直接描写战争，没有描绘战争过程中的血腥场面和残酷悲剧，它截取了朝鲜战争刚刚结束后的后方社会现实，通过描写战后人们为了生存而进行的挣扎以及悲欢离合，从而反映了战争和战争的后果。

长期以来，金源一执著地追求对朝鲜战争的理念的批判，《深院大宅》是作者的这种努力的重要部分，它避开对战争景象的直接描写，从一个特别的角度，即对战后的平凡的人们的平凡生活的描写，通过百姓经历战祸后艰苦生存的日常生活，而且是以一个少年的视角观察和感受，揭示了战争及分裂所带来的悲剧和扭曲的社会现实。

金源一的“六二五”小说兼具客观性和抒情性。他在客观地展现社会现实的同时，以充满感情色彩的笔触描绘了过去岁月。正如作者所言，《深院大宅》的许多部分是自传性的，采用了许多发生在作者本身以及耳闻目睹的真实故事，是自传体性质的小说。作品通过回忆方式，真实地再现了作者本人经历过的朝鲜战争以后，五十年代初期的社会现实。小说在确保真实的客观性的同时，通过回忆的方式，抒发了丰富的感情。小说通过少年主人公的视角观察和认识社会，最大限度地体现了其客观可信性，同时，通过富有感情的笔触，表现出了高水准的主观性。

少年主人公因为战后生活的贫困，被迫与家人分离，寄住在故乡，条件稍许好转后被带到大邱，与在大邱市壮观洞租房住的母亲姐弟团聚，开始了与居住在深院大宅里的难民和房东的共同生活。小说以少年独特的视角和心理，对特定的诸社会构成要素进行了精密的描写。

作者构筑了一个颇为典型的社会群体，即下房的从汉城来的主人公吉男一家、京畿嫂一家、退役军官伤残军人一家、从平壤逃难来的平壤嫂一家、富豪房东一家，以及住在外院的金泉嫂一家。院落比较深的有许多房屋的住宅，是由不同的出身、成员和职业的二十四个人组成的一个小社会。正如作者所说，小说里的难民没有生活在一起，是作者将几次搬家过程中接触到的人集合到了一起，因此作品在虚构中最大限度地保持了真实性。

生活在深院大宅里的六个家庭是战后难民的生活风貌的缩影，反映了各种各样的人生样相。吉男的妈妈在战争中失去丈夫，靠给妓女做衣服的工钱维持一家五口人的生活；京畿嫂家的女儿美善在美军部队工作，后来与美国军人结婚去美国；伤疾军人俊浩爸爸因战争丢掉了一条胳膊，在橡胶胳膊上挂着铁钩做买卖；平壤嫂的儿子正泰坚持政治信仰，因逃亡北方未遂而被捕入狱，他们的人生都因为战争变成了伤残人生，这些平民的故事，浓缩了战争以后难民生活的断面。

另一方面，房东却发战争财，典型地展现了战后暴发户的伤残的精神状态。这一类人在难民们卖报纸做小买卖延命的现实中，过着举行派对邀请官吏的扭曲的生活。难民承受了辛苦和贫困的肉体和物质方面的创伤，他们则在精神方面受到了创伤。这一类创伤给社会的规范带来了很大创伤，催促着建立战后的社会秩序。这是战后急剧膨胀起来的社会氛围，即不会区分公私的官吏的伦理、对法规的恣意运用，以及拜金主义和出世主义等堕落的社会形态。

深院大宅并非只有黑暗和悲剧，其中也蕴涵着温暖和希望。下房里的人们尽管互相之间存在纠葛和冷漠，但是也有难民们彼此间的帮助，渴望摆脱贫困和闭锁的空间的拼命挣扎，以及对生活的向往，蕴含和涌动着细微的爱，让人在悲切中产生共鸣和希望。正是这一点，表现了金源一“六二五”文学的深度和前瞻性。

把报童吉男引荐为送报员的汉柱，给予主人公热情的激励和信任，是小说中的一个亮点。

“当然担保啦。请您听我的，相信他一次吧。”

汉柱充满自信地说。……他的话像温暖的水，温润了我的心。

主人公长大以后依然不能忘记汉柱，告白说他一直记着汉柱讲的话："相信吉男吧"和"忍者得福"。这成了他对他人信赖和诚实的座右铭。汉柱不是深院大宅里的人，但他是深院大宅的自然延伸，他在小说中起到了脱离深院大宅憧憬未来的垫脚石作用。

小说中，吉男的妈妈是一个典型形象。对于吉男来说，战后的生活以及在大邱壮观洞的生活，与以深院大宅为中心的难民生活直接相关，而妈妈在其中起着复杂的纽带作用。妈妈为了养育孩子拼命劳作，孩子在妈妈的严厉训育中成长，但是母子的关系既依赖又对立，这种特殊的母子关系贯穿于整部作品。

妈妈是因战争与丈夫生离死别的寡妇，带着四个孩子生活，主人公吉男是长子，在故乡寄住了三年后来到大邱与家人团聚。但是，他对团聚感到黯淡，他因为隐约的担忧而承受双重痛苦。妈妈让姐姐和弟弟去上学，却不让作为长子的他上学，让他靠卖报纸挣学费。妈妈让他做许多事，却抹杀他诉苦的权力，无情的妈妈只是对他特别严厉，使他甚至猜测自己是不是捡来的孩子，他被妈妈寄予了太高的期待，被置于得不到爱的情感状态，他默默地忍受甚至反抗，他的痛苦却无法释然。

妈妈也是悲剧人物，她几近无情和严酷的严厉，缘自守寡的女人特别是在战争中成了寡妇的女人所特有的生存本能和对丈夫的埋怨，以及将长子视为依赖对象的心理。她从来不流露软弱，深藏起自己的悲哀，却在对待长子的态度中折射出了依赖于人的心理。她在独自带孩子的艰辛生活中变得越发狠毒，将悲哀和冷酷转嫁到了长子身上，希望儿子坚强地成长起来。

妈妈的期望和严格要求，却在年少的长子与妈妈之间造就了另一种痛苦。妈妈要通过自我努力，克服因丈夫失踪引发的缺失和贫乏的状况，按照自己的体会和想法要求和培养长子。对于长子来说，她的要求和期望从一开始就是不可能的，尽管对于少年的他来说，爸爸的失踪同样是缺失和贫乏，他却不能认识为缺失和贫乏是可以克服的，只能将它们照原样接受下来。由此，妈妈强加给他的要求，并没有使他感觉到其切实性和正当性，而严酷得几近缺失了母性的妈妈反而给他原本贫苦的生活带来了心理痛苦。儿子受到了生活艰辛和没有爱护的双重压迫，终于离家出走，以此作为从压迫下逃脱出来的手段。他的离家出走失败了，他只能失败，因为尽管有心理抵抗，他却已经在不知不觉中在某种程度上适应了妈妈对其训练的框架。

小说中妈妈和长子处于同化与疏远的关系，他们在无意识中在同化，意识却一直在疏远。这是战争带给难民的家庭和人的又一个心理痛苦，战争带给人的不仅仅是外在的创伤，同样有内心的创伤，而内心的创伤比外在的创伤影响更大更久远。

战争已然造成了创伤，人们在努力适应环境，在挣扎和寻找出路，而作为战争难民的孩子，少年主人公经历着痛苦成长，面对着叵测的未来。他的面前摆着两条出路。

贫困到底是啥罪呀，就因为这一个理由，这个世道对那些贫困的人是多么刻薄，你也晓得吧？在动乱时期饥肠辘辘饿肚子的时候，你再怎么小，两眼也还是应该清清楚楚地看到了贫困的悲哀，到底是啥东西了吧。只有健康躯体的人，要挺过这人世间的风浪，只有比别人付出加倍的努力，才能勉强糊口的……所以呀，你现在就应该开始下狠心，咬紧牙关生活。依我看，以咱们现在的处境，你的将来只有两条出路：一条是你刻苦读书，使你掌握的实力远远超过别人，成为出类拔萃的人……另一条是，你平安地闯过这世道的风浪的路，就是你亲身体验生活，积累经验的路。

吉男忍受着生活的贫困和心理压抑，和深院大宅里的人们共同生活，他经历和耳闻目睹着战后的艰辛生活，努力适应于混乱的社会现实，逐渐成长起来，走向社会。

《深院大宅》在表现战争题材时，没有刻画战争当时的场景，而是再现了战后初期的社会状况，刻画了普通人的生活。这里有来自汉城的丈夫逃到北方后逃难来的家庭；有从京畿道来的家庭；有从平壤逃到南方来的家庭；有大邱当地的家庭，通过描述多种多样的家庭所经历的战争，以及他们所受到的战争伤害和之后的出路，如嫁往美国、寻找离散家族、因逃往北方未遂而被捕，通过这些因战争而从根本上改变了人生的许多人，和既得者在战争的灾难中积累财富的过程，描绘了活生生的社会现实，展现着战争所带来的芸芸众生的人生样相。

韩国文学评论家金柱演评价《深院大宅》的文学成就说，“金源一的‘六二五’文学，不止于挖掘战争的虚伪性，批判意识形态的虚伪性，让人信服地描写了战争的惨祸，而且体现了其中尚未泯灭和衰退的人性的文学精神”。他高度评价这部小说“达到了同时获得抒情性和客观性的现实主义的境界”。

韩国文学评论家禹灿济说，“《深院大宅》是巧妙地结合了家族史的叙事和社会史的叙事的作品。它在民族史的框架内，有效地创造了反映个人史以及家族史的场景。正是在这里，能够找到该作品之所以跨越单纯的家庭小说或世态风俗小说的缘由”。

《深院在宅》作为描述朝鲜战争以及其后的韩国社会现实的优秀作品，具有深刻的社会意义和很高的艺术价值，不仅是金源一本人，而且是韩国“六二五”文学的代表性作品。《深院在宅》被译成多种语言介绍到了许多国家。

这场战争正如其本身就被叫做朝鲜战争或韩半岛战争，

是对立和分裂的产物，这一战争对半岛日后的政治格局和经济文化等等所有方面均造成了巨大影响，确定了战后半岛的发展轨迹；作为东西方两大阵营的最前沿和最尖锐的对峙点，甚至对世界政治也产生了深远的影响。中国与韩半岛，与朝鲜战争有着密切关系，中国无疑是受影响很大的国家之一，我们对邻居的战争、战争后的社会现实抱有关心，希望理解和认识这场战争，从中找到战后几十年来韩国社会现实由来的蛛丝马迹。

历史是有延续性的，历史是发展的过程，今天我们由对峙和冷战走到了和解和共同发展，中国和韩国作为东方的正在崛起的国家，交往日益频繁和密切，中国读者了解和认识过去了的朝鲜战争，对于理解由战争带来的韩国社会的过去和现实是十分有益的。并且，“六二五”文学作为韩国现代文学的重要文学思潮，在当代韩国文学史上占有十分重要的地位。相信《深院在宅》能使中国读者更多更真切地了解韩国。

了解过去是为了更好地认识现在和展望未来，因此译者选择了这部描述了我们所关心的战争的作品。承蒙韩国文学翻译院的资助，能够将优秀的韩国文学作品介绍给中国读者，谨此致谢。

译者

2008 年 3 月